笑う傀儡

剣客相談人7

森 詠

時代小説
二見時代小説文庫

目次

笑う傀儡《くぐつ》——剣客相談人7

第一章　からくり人形芝居

一

夜の神田川には、舳先《へさき》に提灯《ちょうちん》を掲げた屋根舟や猪牙舟《ちょきぶね》が行き交っていた。

雲間から顔を出した細い三日月の光が水面に射し、小波《さざなみ》に映えて、きらきらときらめいていた。

勘定吟味方下役《かんじょうぎんみかた》小笠原新佐衛門《おがさわらしんざえもん》は、ほろ酔い気分で、猪牙舟に乗り込んでいた。

船頭は無言で櫓《ろ》を漕ぎ続けていた。

やがて舟は舳先の向きを変え、やや幅の狭い掘割《ほりわり》に入った。

掘割の土手から垂れ下がる柳の枝の影がかすかな月明かりに揺らいでいる。

舟の舳先に蹲《うずくま》った護衛の若侍が手に家紋の入った弓張り提灯を掲げ、舟の進路の水面をほのかに照らしている。

舟の艫《とも》には船頭の足許にぶら提灯が掲げられ、おぼろに舟の中を照らしている。

小笠原は懐手《ふところで》をして、舟の横板に座り、目を瞑《つむ》っていた。

料亭で会った相手の話を思い出していた。

ことは核心に迫っていた。

今夜の話を、勘定吟味役様の耳にお入れしたら、さぞお喜びになられるだろう。この解決の道も一挙に開けるに違いない。

「何者！」

突然、舳先にいた若侍が前に弓張り提灯を突き出し、大声で誰何《すいか》した。

小笠原ははっとして舳先の前方を見た。

いつの間にか、三日月が雲間に隠れ、あたりを闇が覆っていた。

闇に黒い小さな人影が水面に立っていた。

まさか。水面に人が立てるわけがない、幽霊か化物か、と小笠原は思った。

「おのれ、何者」

若侍は右手で弓張り提灯を掲げながら、左手で腰の大刀の鯉口《こいぐち》を切った。

そこには、髪を振り乱した幼女が立っていた。

幼女は突然、口を動かし、嗄《しゃが》れた声でいった。

「小笠原新佐衛門殿だな」

「おのれ、化物、失《う》せろ」

若侍は弓張り提灯を宙に浮いた人形に投げ付けた。刀を抜いて、幼女に突き入れた。

幼女の軀《からだ》は宙に舞い、ひらりと刀を躱《かわ》した。

けたたましい女の笑い声が響いた。

幼女の顔が一変し、大口を開いた鬼の顔になった。

「からくり人形だ!」

若侍は怖気《おじけ》を奮い、刀を振り回した。だが、いくら幼女を斬ろうとしても、舟が揺らぐので腰が定まらず、刀は空《くう》を斬るばかり。

小笠原新佐衛門は艫を振り向いた。

「船頭、舟を岸へ寄せろ」

船頭が慌てて櫓を漕ぐのをやめ、竿を立てて舟を岸辺に寄せようとした。

何かが空を切って飛んだ。船頭は悲鳴を上げ、もんどり打って水面に落ちた。水音があたりに響いた。

「後藤《ごとう》、船頭がやられた」

小笠原は船縁《ふなべり》を摑みながら、舳先にいる若侍に叫んだ。

若侍は、いつの間にか刀を手にしたまま、舳先に突っ伏して動かなかった。

若侍の軀の上に、小太刀を手にした幼女の人形が立っていた。

「おのれ、妖怪！」

小笠原は刀を抜き放った。

幼女の軀が小笠原に向かって飛んだ。

小笠原は刀で幼女の軀を真っ二つに斬った。

二つになった幼女の軀はなおも小笠原に飛び掛かり、小太刀が小笠原の喉を真一文字に斬り裂いた。血潮がどっと噴き上がった。

小笠原は遠退く意識の中で、幼女のからくり人形が、けたたましく笑うのを聞いた。

おのれ、謀られたか……。

小笠原は舟底に倒れ込んだ。

二つになった幼女の軀は再び合体し、宙に舞うと、すいっと音もなく、夜陰に消えた。

あたりに静けさが戻った。

また雲間から三日月が顔を出し、おぼろな光を掘割の舟に投げかけた。舟底に倒れ込んだ人影は身じろぎもしなかった。

舟は水の流れにゆっくりと神田川の方角へ動き出した。

二

両国広小路は見せ物小屋や芝居小屋、いろいろな食物を売る露店、衣類雑貨を並べる露店、水茶屋などが立ち並び、物見遊山の客や買い物客でごった返していた。

「さあ、いらはいいらはい。間もなく、梁山泊《りょうざんぱく》に集《つど》いし漢《おとこ》たちと最後の決戦だあ。これを見ないでお帰りになったら、一生の損だ……」

芝居小屋の河童《かっぱ》と呼ばれる呼び込みが番台から声を嗄《か》らして叫んでいる。

小屋の出入り口では、木札を手に小屋に入ろうとする見物客と、止め場（制止係）たちが押し合い圧《へ》し合いをしている。

「お客さん、押さないで押さないで。大丈夫、まだ席は空いていますからね」

止め場が必死に声を出し、客たちを並べさせようとしている
「爺《じい》、えらい混雑だのう」

長屋の殿様こと若月丹波守清胤《わかつきたんばのかみきよつぐ》改め大館文史郎《おおだてぶんしろう》は、芝居小屋前の賑わいを見ながら、

御供の篠塚左衛門《しのづかさえもん》にいった。

「まったく、いったい、この人込みは、どこから湧いて出たんでしょうなあ」

爺こと篠塚左衛門も、驚いた顔で混雑を眺めた。

「うっかりすると人込みに紛れて、迷子になりそうだな」

いっしょに付いてきた大門甚兵衛《だいもんじんべえ》も、鍾馗様《しょうき》のような黒々と生えた髯《ひげ》を撫で回した。

今日は、両国広小路に芝居小屋や見せ物小屋が建つという話を左衛門から聞いて、文史郎は出向いてみるか、とふと思い付いた。

まだ子供だったころ、江戸藩邸に住んでいたのだが、傅役《もりやく》の左衛門に連れられ、しばしば浅草や両国広小路の芝居小屋や見せ物小屋を見て回ったのを思い出したからだ。

そのころも、いまと同じように賑わっていたはずだが、あまりはっきりとは記憶していない。

「爺、大門、これを見よう」

文史郎は何本も幟《のぼり》立てた芝居小屋を指差した。からくり人形芝居「琉球《りゅうきゅう》一座」江戸初興行と銘打っている。

俄《にわか》造りの芝居小屋の正面上には「大水滸伝《だいすいこでん》」の太い黒文字で大書した大きな看板

と、梁山泊の強者たちのおどろおどろしい錦絵が掲げられていた。

「殿、しばし、お待ちを。いい席があるか、尋ねて参りましょう」

左衛門は小屋の前で木札を売っている売り子に歩み寄った。

大門は髯をいじりながら頭を振った。

「水滸伝ですか、それがし、読んだ記憶がありますが、だいぶ昔のことですので、詳しい話は忘れましたな」

「大門、おぬしは、梁山泊に集う英雄たちのうちで誰が好きだったか?」

大門は首を捻った。

「うーむ。それがしは、やはり豹子頭《ひょうしとう》こと林冲《りんちゅう》ですかな。何より林冲の強いところがいい。憧れましたなあ」

「それがしも、林冲は好きな漢だったな。強いだけでなく、やつには、戦士としての義と魂があった」

「それから、双尾蠍《そうびかつ》こと解宝《かいほう》も好きでしたな」

「ははは。解宝は大門のように偉丈夫な上、顔半分が髯面だったな」

「殿は誰を好まれましたか?」

「林冲の次には、関勝《かんしょう》将軍だな。軍学を究め、実戦の経験も豊富。あのような指揮官になりたい、と子供のころ思ったものだ」

文史郎は遠くを見つめた。蒼穹《そうきゆう》に白い雲が浮かんでいた。

「殿、木札、手に入りました」

左衛門が木札を文史郎と大門に手渡した。

「おう、よく手に入ったな」

「ただし、桟敷《さじき》席も枡《ます》席も空いておらず、大向こうの立ち見席しか残っておりませんでしたが、よろしいか？」

「ま、仕方あるまい。突然に来ても、いい席はあるまい」

大門もうなずいた。

「上等上等。立ち見でも見られればいいですからな。さ、殿、行きましょう」

大門が先頭になって雑踏に分け入り、木戸を目指して進みはじめた。あとについて、文史郎と左衛門も人込みに割り込んで行った。

「御免よ御免」

鍾馗様のような髯面の大門が大声で叫びながら、強引に分け入るので、人込みはその勢いに押されて道を開けた。

木戸の番台に座った端番に木札を見せ、文史郎たちは莫蓙《ござ》の暖簾《のれん》を刎《は》ね上げ、立ち見席に割り込んだ。

大向こうの立ち見席は大勢の客たちがぎゅうぎゅう詰めになっており、立錐《りっすい》の余地もなかった。

見物客の分厚い人垣が前に立ちはだかっている。文史郎たちは人垣の後ろについたものの、そこから前にはとうてい進めそうになかった。

人垣の頭越しに、薄暗い舞台の一部がちらりと見える。

三味線の音が響き、時折、男の怒鳴り声や何かを話す声が聞こえる。なんといっているのかは分からない。

「爺、何か見えるか？」

「いえ。何も。背景の空が見えるだけです」

小柄な左衛門には、前に立った人影の頭越しに、芝居の背景の絵が見えるだけらしい。

大門はと見ると、前に立つ小柄な娘の背後に立ち、舞台を覗き見る振りをしながら、娘の軀に己れの軀を密着させている。

「あやつ……」

文史郎は大門の様子に頭を振った。

突然、舞台から刀を打ち合わせる音が響いた。銅鑼《どら》や太鼓が激しく打ち鳴らされ、蛇味線《じゃみせん》の音が響いた。

「…………」

台詞《せりふ》は聞き取れないものの、誰かの大音声《だいおんじょう》が起こった。梁山泊軍を率いる指揮官の怒声なのだろう。

爪先立ちして人垣の頭と頭の間から舞台の様子を覗いた。ようやく舞台の下手《しもて》側の半分と、左手の桟敷席が見えた。

舞台では梁山泊らしい絵柄の前で、大勢の武者人形が入り乱れて闘っている。

文史郎は左手の桟敷席で、ふと殺気とともに刀か何か光るものが一閃《いっせん》したように感じた。

同時に、猿のような小さく異様な影が飛んで、桟敷の背後の柱に飛び付いた。そのとき、天井の隙間から差し込む外の光に照らされた顔が大口を開いて笑ったように見えた。

童子《わらし》ではないか？

一瞬だったが、小さな影の正体は幼子のそれだった。

何ごと？

文史郎は思わぬことに当惑し、目を凝らし、暗い桟敷席の人影たちを見つめた。

そこには三、四人の人影があり、何ごともなかったように、舞台を一心不乱に眺めているようだった。

柱に取りついた影も、いつの間にか暗がりに溶け込むように消えている。

気のせいだったか？

いや、確かに何かを見たと思ったが。

文史郎が背伸びし、桟敷から舞台の方に目をやった。

梁山泊軍と官軍のからくり人形たちが入り乱れて斬り合っている。

銅鑼が鳴り響き、太鼓が打ち鳴らされる。

突如、絹を裂くような女の悲鳴が起こった。

先程の桟敷席の三、四人の人影が立ち上がり、騒がしくなっている。

「人殺し！　誰か助けて」

女の叫び声が上がった。

舞台の方の人形たちの戦いは続いていたが、観客たちは芝居見物どころではなくなり、騒《ざわ》めき立った。

人形使いたちも、ようやく場内の異常に気付いたらしく、人形たちの動きが止まった。

「……誰か早く医者を呼んで！」

女の金切り声がなおも響いた。

誰かが芝居小屋の壁の莫蓙を巻き上げた。外の光がさっと小屋内に差し込んだ。

桟敷席に、一人の侍が女に抱えられていた。侍の喉から真っ赤な血がどくどくと噴き出ていた。

周りから悲鳴が上がった。

近くの桟敷席や桝席の客たちが総立ちになり、一斉に木戸へ向かって逃げはじめた。

立ち見席にも動揺が走った。客たちは踵《きびす》を返し、我先に小屋の外へ出ようとした。

立ち見席にどっと観客が雪崩《なだれ》を打って押し寄せて来る。

「爺、大門、来い」

文史郎は怒鳴るようにいい、逃げる人波に逆らい、桟敷席へ向かった。

「どけどけ」

殺気立った侍の一団が奥女中らしい女たち数人を囲み、護衛しながら出て来る。

侍たちは、人波に逆らって中に入ろうとする文史郎や大門、左衛門とぶつかった。

「無礼者！　控えおろう」

護衛の頭《かしら》らしい侍が文史郎や大門に怒鳴った。大門がむっとして怒鳴り返した。

「なにをいっておる。ぶつかったのは、おぬしたちであろう」

「おぬしら！　邪魔するか」

頭の侍は後ろに奥女中たちを庇《かば》い、身構えた。部下の侍たちが一斉《いっせい》に前に出て刀を抜いた。

「やるのか」

大門は腕捲《まく》りをした。

「待て、大門」

「殿、しかし、こやつらが先に……」

文史郎が大門の軀を引っ張り、侍たちの前を開けた。

「それがしたちは、おぬしらの敵にあらず。行く手を邪魔するつもりもない。さ、どうぞ、御通りくだされ」

文史郎は立ち見席の端に身を寄せ、出て来る見物客たちの流れを妨げないようにした。

「……。よし。みな行け」

頭の侍は部下の侍たちに顎をしゃくって命じた。だが、頭だけはなおも用心し、刀の柄《つか》に手をかけたままだった。

やがて、奥女中と侍たちが外へ出て行くと、頭は彼らのあとを追って出て行った。

「行くぞ、爺、大門」

文史郎は逃げる客たちを避け、芝居小屋の中に走り込んだ。大門と左衛門が続いた。

件《くだん》の桟敷の桝席には、人だかりができていた。

左衛門が人垣を分けた。

「どいてくだされ。見せてくだされ」

「いかがいたした?」

文史郎は桝席を覗き込んだ。

桝席に一人の侍が仰向けに倒れていた。傍らに武家女が座り、侍を見守っていた。芝居見物に来ていたらしい町医者が侍の怪我の様子を診ていた。

侍は喉元を刀で横一文字に斬られ、すでに絶命していた。喉元はぱっくりと傷口が開き、いまもなお血が迸《ほとばし》り出ている。

「御新造《ごしんぞ》様、これでは手の施しようが……」

「分かりました。……」

御新造はさすがに武家の女らしく、その場で取り乱すこともなく、気丈に夫の死を受けとめようとしていた。

「誰が、このようなことを」

御新造は呻《うめ》くように呟《つぶや》いた。

少し離れた場所に控えていた下女らしい娘が、突然、わっと泣き伏した。

「御免。失礼仕《つかまつ》るが」

文史郎は屈《かが》み込み、侍の喉元の斬り傷を調べた。

「あなた様は？」

御新造は不審の目を文史郎に向けた。

「たまたま、居合わせた者でござる。怪しい者ではない」

文史郎は丹念に傷口を調べた。

喉元を深く抉《えぐ》られるように斬られている。刃は背骨にまで達して止まったように見えた。

「殿、いかがです？」

左衛門が傍らから声をかけた。文史郎は答えた。

「鋭利な刃物ですっぱりと斬られた傷だが、刀の斬り傷ではなさそうだな。もし、刀で撫で斬りしたなら、左から斬ったか、右から斬ったかが分かるが、この傷では分からぬ」

文史郎は、そう話しながら、ふと刀が暗がりの中で一閃したのを思い出した。

あの光の様《さま》を考えると、短い刀子《とうす》か懐剣をきらめかせて、素早く侍の喉元をかっ斬ったように見える。

「大門、おぬし、この桟敷の桝席で何があったか、見てなかったか？」

「いや、何も。人形芝居の方に気をとられていましたもので」

大門は頭を左右に振った。

「爺、おぬしは、何か気付かなかったか？」

「はい。それがしも、芝居を覗くのに必死でしたから。こちらの惨劇には気付きませんでしたな」

左衛門も頭を振った。

御新造が口を開いた。

「さきほどから、お聞きしていたら、あなた様を殿と御呼びですが……」

「ははは。戯言《ざれごと》戯言。気になさるな」

文史郎は笑いながら、御新造にいった。

文史郎は、ふと侍の首根に、虫刺されのような赤い染みの点を見付けた。

「爺、これはなんだと思う？」

「虫に食われたか、あるいは……」

左衛門が何かをいいかけたとき、また出入り口の方から、どやどやっと人が入って来る気配がした。

「はいはい、どいたどいた。八丁堀の同心様のお越しだよ」

下っ引きが露払いよろしく、人垣を掻き分け、着流しの役人を先導して来た。

下っ引きは末松《すえまつ》だった。

「あ、長屋の殿様じゃねえっすかい」

「ほんとだ。殿様だ」

忠助《ちゅうすけ》親分が立っていた。そのあとから、顔見知りの南町奉行所定廻《じょうまわ》り同心小島啓《こじまけい》伍《ご》の着流し姿が入って来た。

「おや、これはこれは。大館文史郎様ではないですか。どうして、ここに？」

「たまたま、それがしたちは、人形芝居の見物をしていたら、こんなことになってしまった」

小島啓伍は若いが頭の切れる役人だ。これまでも文史郎は小島に事件の解決を手伝ってもらったことがある。

「殿は、何か見かけましたか？」

「いや、何も」

文史郎はこの場をやりすごすために、とりあえず嘘をついた。

小島はその場に蹲って呆然としている女に訊ねた
「御新造は？」

「……はい。でも、信じていただけそうにない話なので」

「どのような？」

「旦那様が喉を押さえて突っ伏す直前に、何か小さな人影が暗がりを過《よぎ》ったように」

「人影が？」

小島が訊ねた。

「はい。それも……幼女のような人形ではなかったかと」

「からくり人形だというのか？」

「はい。それも見たことのない、子供のからくり人形で、旦那様が倒れると、口を開き、けらけらと笑ったのです」

「やはり」

思わず文史郎は唸るようにいった。小島は見逃さなかった。

「殿、やはりですと？　なぜ？」

「さっきまでは気のせいかと思っておったので、そういったまで。こちらの御新造がいっていた通りだった」

文史郎はうなずいた。

小島は御新造に質《ただ》した。

「御新造のご亭主のお名前やご身分をお聞かせ願いたいのですが」

御新造は気丈に答えた。

「坂崎慎蔵《さかざきしんぞう》です。私は家内の葦乃《よしの》と申します。役職、身分などは、ここではお答えできませぬ。長崎奉行所の者ということで、御勘弁を」

「分かりました。では、後程」

小島はうなずき、末松に遺体を運ぶ戸板を持って来るように指示した。それから文史郎に向き直った。

「殿、あとは、それがしたちにお任せください」

「うむ。では、それがしたちは退散いたそう。何か手伝うことがあったら、いってほしい」

「分かりました。その節は、どうぞよろしくお願いします」

小島は頭を下げた。文史郎は左衛門と大門に引き揚げようと目配せした。

「では、小島殿、お先に御免」

文史郎は先頭に立って、出口に歩き出した。

左衛門と大門も何もいわずに従った。

入れ替わるように、出入り口から町人の女中たちが小屋に駆け込んだ。

女中の一人が文史郎に向き、真剣な面持ちで訊ねた。

「お侍様、うちのお嬢様を見かけませんでしたでしょうか？」

「お嬢様？」

大門が怪訝な顔で訊いた。

「はい、うちの武蔵屋《むさしや》のお康《こう》様です」

左衛門が訊いた。

「そのお康様が、どうなさったと？」

「さっきまで、私たちといっしょに桟敷にいて、からくり人形芝居を見物をしていたのですが、逃げ出す騒ぎになったとき、お嬢様は私たちとはぐれてしまったのです」

文史郎が訊いた。

「迷子になったというのかね？」

「はい。迷子になったのではと、店の者みんなで手分けして捜しているのです」

「いくつの娘だというのだね？」

「十六歳です」

「十六といえば、十分に大人の女ではないかね。迷子になる歳ではない。大丈夫、きっと帰って来るよ。心配するでない」

文史郎は慌てふためく女中たちに落ち着くようにいった。

女中は芝居小屋の入り口に姿を消した。

左衛門が頭を振りながらいった。

「いっぺんに、いろいろ起こるものですな」

「人殺しに、迷子騒ぎか……」

大門も腕組し、にやにやと笑った。

三

文史郎は縁台に座り、大門と将棋盤を挟んで駒を打っていた。

「では、拙者の番。こう行きましょう」

　大門は鍾馗様のように生やした黒髯をしごきながら、盤上にぴしりと角《かく》を打ち込んだ。

「王手飛車取り」

「あ、大門、待った。その手待った」

　文史郎は将棋盤の上の、大門の王手飛車取りの角《かく》打ちに待ったをかけた。

「駄目。待ったなしの約束でござるぞ」

　大門はゆっくりと頭を左右に振った。

「その手だけ待った。頼む」

「駄目駄目。さっきも一手待ってあげたではないですか。これで三度目の待ったですぞ。もう駄目です」

「そこをなんとか……」

「駄目なものは駄目、殿、往生際《おうじょうぎわ》が悪い」

「ううむ。起死回生の一手はないものか」

　文史郎は唸りながら、腕組をして考え込んだ。

　表木戸から左衛門が慌ただしく帰って来るのが見えた。

「殿、殿、そろそろ、出掛けましょうか」

文史郎は唸った。

「爺、ええい。うるさい。いま王様が詰むかどうかの瀬戸際だ。静かにせい」

「どれどれ」

左衛門は将棋盤を覗き込んだ。

「なんだ。殿、四手で詰みじゃないですか」

「なに？　もう詰みだと？　そうかのう」

「王手飛車取りですから、ほら、玉《ぎょく》をこう下げるでしょう？　そうすると、大門殿は角筋を効かして、玉の頭に銀を打つ。玉を盤の隅に逃がしても、大門殿はさらに金を打つ。すると王様は雪隠《せっちん》詰めになりますな」

左衛門はふぁふぁふぁと嬉しそうに笑った。

大門も頭を掻きながら、にやにや笑っている。

ふたりとも、他人《ひと》の不幸を笑っておって。

文史郎は渋い顔でいった。

「そうか、詰みになるか。大門はほんとに強い。何度やっても勝てん」

「大門殿が強いのではありません。殿が弱すぎるんです」

左衛門は冷たく言い放った。

文史郎はひどく傷ついたが、何もいわなかった。いえば、二人によってたかって反論され、さらに傷口を拡げかねない。

大門が武骨な手を出した。

「では、殿、お約束のものを」

「大門、おぬし、大道で幼気《おさなげ》な初心者相手に、賭け将棋を差しておったのではないのか？」

文史郎は文句たらたらに、懐から小銭入れを取り出し、大門の掌に約束の小銭十文を置いた。

「ごっつあんです」

大門はほくほく顔で十文を一枚一枚数えてから、袖に入れた。

文史郎は不機嫌な顔を左衛門に向けた。

「爺、口入れ屋の権兵衛《ごんべえ》から何か仕事を紹介してもらって来たか？」

「もちろんです。それで急いで帰って来たところです」

左衛門は顔を綻《ほころ》ばせた。大門が身を乗り出した。

「爺さん、今度は、どんな仕事だい？　また迷い猫を捜すとか、犬の散歩とか、もっこ担ぎとかいった類《たぐい》の仕事ではあるまいな」

「大門殿、今度は、れっきとした剣客相談人に依頼された仕事ですよ。そんな誰にでもできる雑用ではありません」

左衛門は頭を左右に振った。文史郎が口を開いた。

「おもしろい仕事であろうな。こういってはなんだが、できれば退屈せん仕事がいいのう」

「殿、贅沢をいってはいけません。仕事は遊びではありません。多少はつまらなくても、引き受けた仕事はしっかりやらねば依頼人からのお金は出ませんからな」

「人の道に反するような仕事もお断りだぞ」

「それは、当然にございます。殿が関わるのですから、世のため、人のためになるような立派なお仕事です。御安心を」

「で、どのような仕事だ？」

「人捜しです。それも、なんという不思議なご縁でしょうか。呉服店武蔵屋のお嬢様であるお康さんを捜し出してほしい、というのです」

「なに？　お康という娘は、あの芝居小屋を出て迷子になった娘だろう？」

文史郎は大門と顔を見合わせた。

「結局、迷子になったまま行方不明になったというのか？」

「はい。詳しい話は、武蔵屋の主人に直接会って聞いてほしい、とのことです。さっそく支度をして出掛けましょう」

左衛門が文史郎と大門にすぐに出掛けようと促した。

四

「剣客相談人様、どうか我が家の大事な大事な一人娘を捜し出していただきたいのです。そのためには、いくらでもお金は差し上げます」

「どうか、どうか、娘のお康を助けてください。お願いいたします」

武蔵屋康兵衛《こうべえ》とお内儀の麻岐《まき》は文史郎の前に平伏し、畳に額を擦り付けた。

「ううむ」

文史郎は腕組をして考え込んだ。

二人の親を安心させようと「承知した」といいたいところだが、そう安請負《やすうけおい》するわけにはいかない。

隣に侍《はべ》った大門も左衛門も困った顔をしている。

「康兵衛さん、お麻岐さん、こういってはなんだが、剣客相談人様たちでも、この広い江戸のどこに行ったか分からないお嬢様を捜し出すのは至難の技です。それをご承知いただかないと……」

「そこをなんとか、お願いしたいのです」

康兵衛はここを先途《せんど》と頭を何度も下げた。

文史郎は康兵衛とお内儀の麻岐の、娘を思う気持ちを斟酌《しんしゃく》してうなずいた。

「分かり申した。お康さんを捜し出すため、全力を尽くしましょう」

「ありがとうございます」「ありがとうございます」

康兵衛とお麻岐は互いに涙を溢《こぼ》して嬉しがった。

「殿、そんな約束をしてもいいのですか？」

左衛門が脇から口を挟んだ。大門も顎の黒髯をもじもじといじった。

「武蔵屋には悪いが、娘がどこに消えたのか皆目見当がつかないというのに、殿がそんな安請け合いをしては、あとで駄目でしたとなったら……」

「爺、大門、そんな自信のないことでどうする？　相談人の名が泣くぞ。のう、権兵衛？」

権兵衛も困った顔になった。

「まあ、それはそうですが」

康兵衛が顔を上げていった。

「分かっております。剣客相談人様でも、できないことがあるということは。でも、お殿様が、娘のお康を全力をあげて捜してくださるというお言葉だけでも、私どもは聞いて嬉しいのです」

お内儀のお麻岐も堅い表情でいった。

「そうでございます。私たちは藁にも縋るつもりで、お願いいたしております。たとえ、どのような結果になりましても、私は覚悟をしております」

「そうなんです。いまは心配で心配で、商売もろくにできない状態です。なんとか、早く娘を連れ戻していただければ。どうかどうか……」

康兵衛はまた頭を畳に擦り付けた。

文史郎はうなずいた。

「康兵衛、話は分かった。ところで、なぜ、お上《かみ》に娘御の捜索を願い出ないのだ?」

「もちろん、すぐにお上にお願いいたしました。ですが、捜索願いを受け付けていただいたものの、いま奉行所はそれどころではない、といわれたのです」

「ほう?」

「届けた日、お康がいなくなった日ですが、同じ芝居小屋で、お武家様がお一人殺された。その前夜にも、内神田の掘割で、舟で帰る途中のお武家様と御供の若侍、それに船頭までが何者かに襲われて殺された。そんなかんなで、奉行所はそちらの方のお調べで手いっぱいだというのです。だから、捜索願いを受け付けても人手不足で、どうにもならない、剣客相談人に相談した方がいいのではないか、といわれたのです」

文史郎は左衛門と顔を見合わせた。

「その役人の名、なんと申した？」

「南町奉行所定廻り同心の小島啓伍様です」

「なるほど。やはりな」

文史郎はうなずいた。

大門も左衛門も納得顔だった。

小島のいう通り、江戸八百八町の治安を守る奉行所の廻方《まわりかた》同心の数は、わずか二十八人しかおらず、その下にいる小者、岡っ引き、下っ引きなどを全部合わせても、数百人しかいない。

人殺しが相次げば、町奉行所は総力をあげて、下手人捜しに人員をあてねばならず、行方不明の娘の捜索など後回しになるのは、止むを得ないところだった。

文史郎は康兵衛に訊いた。

「娘御のお康が消えたとき、いっしょだった女中がおったな？」

「はい。小女《こおんな》のお信《のぶ》です」

「ここへ呼んでくれ。お康が消えた際のことを詳しく聴きたい」

「分かりました。お麻岐、すぐに座敷へ来るよう、お信を呼びなさい」

康兵衛はお内儀のお麻岐にいった。お麻岐は「はい」と小さな声で答えると、そそくさと座敷を出て行った。

「康兵衛、おぬしにも聴いておきたい。娘御が自ら姿を消す、つまり家出をしたというような心当たりはないか？」

「はい。……ないと思います」

康兵衛は一瞬、どぎまぎした様子だった。文史郎は、その一瞬の間《ま》の動揺を見逃さなかった。

「正直に申せ」

「でも、まさか……ありえません」

「包み隠さずに申せ。捜索の手がかりになるかもしれぬのでな」

「分かりました。実は、娘に縁談が持ち上がりまして」

「ほう。相手は？」

「同業の呉服商相模屋《さがみや》さんの次男で、正吉《しょうきち》さんという方なのですが、これは良縁だと、家内と喜んでいたのです。さっそく仲人《なこうど》を立てて話を進めようとしたところ、娘のお康が嫌がりましてね。絶対に嫌だ、まだお嫁に行くのは早いとだだを捏《こ》ねたのです」

「ほほう。なぜ、嫌がったのですかな？」

「まだ十六だから、家にいたいと申すだけなのです」

大門が脇から口を出した。

「康兵衛、もしや、娘御には恋仲の男がおったのではないのか？」

「まさか。わたしは、娘に変な虫がついては困ると、日ごろから厳重に警戒してましてね。家内や女中頭のお良《りょう》にも、変な男を寄せ付けないように命じておいたのです。だから、娘に男がいるとは思えません」

大門はにやっと笑いながら、文史郎を見た。

「昔から、遠くて近きは男女の仲といわれておるからなあ。そうですな、殿」

「うむ、まあそうだな。親の目が届かぬところで、結構、子は悪さをするものだからな。だから、案外、親が知らないこともあるのではないかのう」

文史郎はうなずいた。

「いえ、うちの娘に限って、そういうことはありません。親のわたしの目が黒いうちは、わたしが許さない男と付き合うことなど、絶対に許しません」

康兵衛は自信たっぷりにいった。

親が娘を信じたい気持ちは、文史郎も分からないでもない。

文史郎は話の矛先《ほこさき》を変えた。

「もし、娘御が誰かに拐《かどわ》かされたとしてだ。何か心当たりはあるかの？」

「相談人様、やはりお康は拐かされたのでしょうか？」

「康兵衛、まだ拐かされたと決まったわけではないぞ。身《み》の代金《しろきん》も何も請求されておらぬのだろう？」

「はい。まだ、そのようなことはありません」

「だから、もしも、の話だ。そんなことをされるような心当たりはないか？」

文史郎は康兵衛を見つめた。康兵衛は顔を俯け、考えはじめた。

文史郎は促した。

「たとえば、商売仇がいるとか、これまでも商いの邪魔をする者がいたとか、はたまた何か他人の恨みを買うようなことをした、とか？」

「……商売仇をいえば、それは数知れずでございますが、かといって、武蔵屋が競争相手を蹴落として、他人の恨みを買うような、あくどい稼ぎをしたということはありません。ですから、思い当たりません」

康兵衛はうなずくようにしながらいった。

廊下の方で人の足音がした。

二人の女中を従えたお麻岐が戻って来た。

お麻岐は隣に正座した女と娘を差していった。

「女中頭のお良と、小女のお信です」

お良と呼ばれた年増《としま》女は丁寧にお辞儀をし、文史郎に挨拶した。

「お良でございます」

お信も手をついてお辞儀をした。

「お信です」

二人とも見覚えのある女だった。

お良は、文史郎が芝居小屋を出るとき、慌ただしく文史郎に詰め寄り、小屋の中にお嬢様を見なかったかと尋ねて来た女だった。

お信は、お良の背後で小さくなっていたのを、かすかに覚えている。

「さっそくだが、お良、娘御のお康が消えたと申しておったが、それは小屋から逃げ出したあとのことか、それとも逃げる際に、小屋の中で見失ったのか？」

「小屋の中ではありません。小屋から大勢の人に混じって外へ出てからです。お信はお嬢様と手を繋いだまま、外に出たのですから。そうですね、お信？」

お良はお信を見た。お信はおずおずとうなずきながらいった。

「はい。小屋を出るまでは、お嬢様の手を握ったままでした。でも、外へ出て、大勢の人込みに紛れたとき、お嬢様の手を離してしまったんです。旦那様、ほんとうに申し訳ありませぬ」

お信は康兵衛に頭を下げて詫びた。

「いや、お信の責任ではありませんよ。おまえは心配しないでいい」

康兵衛はお信を労《ねぎら》うようにいった。

「お良、おぬし、お康を最後に見失ったときまでをようく思い出してくれ。何か、不審に思ったことはないか？」

「はい。いまから思えば、一つだけあります」

「ほう、何かな？」

「お嬢様が最初に悲鳴を上げたのです」

「なに、悲鳴？」

文史郎は訝《いぶか》った。

「ですから、芝居小屋の桟敷の桝席で、お武家様が殺されたでしょう？」

「うむ」

「わたしは、気付かなかったのです、舞台の方を見ていたので。ところが、お嬢様は、そのとき、隣の桝席に目をやって、お武家様が殺されるところを見てしまったらしいのです」

「なに、殺されるところを見たというのか？」

「いまから思うと、どうもそうらしいのです。お嬢様は金切り声を上げ、わたしにしがみついて来たのです。それで、わたしもお信も驚いて、悲鳴を上げた」

「お康は、そのとき、おぬしに何かいったか？」

「いま思うと、何かいっていたように思いました」

「なんと？」

「……童子が笑った、というような意味のことを」

「ほほう」

文史郎はなるほどとうなずいた。

「そのときは気にしないで、逃げることに精一杯だったのですが、あとになって思ったのです。あのとき、お嬢様はお武家様を襲った下手人を見たのではないか、と」

文史郎はお信が顔を歪めるのに気付いた。

「お信、おぬしも何か見たのか？」

「……はい」

お信は小さな声で答えた。

「何を見たのかな？」

「私はお嬢様の後ろに座って芝居を見ていたのですが、頭上を何か小さな黒い影が過《よぎ》ったので、何かなと思ってそちらを見たのです」

「うむ。そうしたら？」

「黒い影が隣の桝席の上で止まった。そして、その真下にいたお武家様を襲ったのです。それも一瞬でした。何か鈍いものが光り、お武家様が喉元を押さえて倒れたのです」

「うむ。それから？」

「いっしょにいた奥様が気付いて、お武家様を振り向き、どうなさったのですと軀を揺すった。そのときでした、お嬢様が柱の方を見ながら、悲鳴を上げたのです」

「ほう」

「私もつられて、お嬢様が見ている方に目をやったら、ちょうど童子の笑い顔が暗がりに消えるところでした」

「そうか。おぬしも見たというのか」

「はい。お殿様も見たのですか？」

「うむ。はっきりと見たわけではないが、確かに童子の顔だった」

「そうですよね。私が、みんなにいくらそういっても信じてもらえませんでした」

「そうだろうな。それで、お信は、その後、どうしたのだ？」

「それから、お嬢様と手に手を取って、その場から逃げたのです。外に出るところまではいっしょでした。人込みに紛れたとき、お嬢様の手が離れたのです。それで、お嬢様と叫びながらお嬢様が消えた人込みに分け入ろうとしたのですが、人波に押し返され、お嬢様を見失ってしまいました」

　お良が付けくわえるようにいった。

「人込みでばらばらになったので、その後、お信を見付け、その話を聞いて、もしかして、お嬢様はわたしたちを捜しに小屋に戻ったのではないか、と思い、わたしたちも引き返してみたのです」

「そこで、それがしに尋ねたというわけだな」

「はい」

お良はうなずいた。

文史郎はお信に向いた。

「お信、おぬしが見た、その童子のほかに怪しい人影を見なかったか？」

「はい。見ませんでした」

「ううむ。では、お信、おぬしが最後にお康を見たとき、お康は誰かに連れ去られるようではなかったか？」

「お嬢様は人波に押されているようでしたが、誰かに連れて行かれるという風には見えませんでした」

「そうか。その人波は、どの方角に流れていたのだ？」

「両国橋の方角でした」

「二人とも、お康のあとを追ったのか？」

「はい。急いで追ったのですが、とうとう見失ってしまったのです」

お良は肩を落とした。

「そうか。見失ったか」

文史郎は腕組をし、考え込んだ。

左衛門が疑い深げにいった。

「殿はほんとうに、そのからくり人形の童子を見たのですか?」

「殿は、さっきまで、わしらには何もいわなかったではないですか?」

大門も疑っている。

「直後に、おぬしたちに尋ねただろうが。何か見なかったかと」

「確かに」左衛門はうなずいた。

「あのとき、傀儡《くぐつ》が笑ったといっても、おぬしたち、信じなかったろう?」

「それはそうです。殿は時々、人を騙《だま》すようなことを平気でするから」

左衛門は頭を振った。

「時と場合による。いつもは嘘はつかぬ」

大門が首を傾げながらいった。

「もし、殿のいうことが真実だったとして」

「真実だ」文史郎はむっとしていった。

「もしかして、お康は、そのとき、殺しの下手人を目撃したため、連れ去られたかもしれませんな」

「うむ。そうかもしれぬのだ」

文史郎は大きくうなずいた。

大門も考えながらいった。

「一度、小島啓伍殿に、あちらの事件のことも聴く必要がありますな。もしかすると、お康が消えたことと、あちらの事件が繋がっているかもしれない」

「そうだな」

文史郎はうなずき、大門や左衛門と顔を見合わせた。

康兵衛やお麻岐、さらには、お信やお良が、心配そうな顔で文史郎たちのやりとりに耳を傾けていた。

五

武蔵屋の帰りに、文史郎は現場の広小路に足を向けた。

広小路は、先日と同様に、芝居小屋や見せ物小屋、さまざまな露店が立ち並んでおり、大勢の見物客で賑わっていた。

さすがにからくり人形芝居小屋だけは、営業をしておらず、「琉球一座」の幟や水滸伝の看板が所在無げに立っているだけだった。

見物客は通りすがりに小屋の出入り口を覗いているが、小屋には誰もいる様子がなかった。

「爺、一座の者に会ってみよう。何か分かるかもしれぬ」

文史郎は左衛門にいい、小屋の出入り口の莨蓙を引き揚げようとした。だが、莨蓙は荒縄で地面の杭に結びつけられ、小屋に入れないようになっている。

文史郎は先に立ち、小屋の裏手に回った。

裏口の戸代わりの莨蓙は巻き上げられてあり、楽屋には人の気配があった。

「御免。誰か、おるかな」

「はーい」

若い男の声が返り、楽屋から坊主頭の男が現れた。

男は文史郎や大門たちを見て、一瞬警戒した。

「どちらさまで？」

左衛門が代わって答えた。

「剣客相談人の大館文史郎様だ。琉球一座の座長にお取次願えるかな？」

「剣客相談人？」

若い男は首を傾げたが「少々、お待ちを」と言い置き、楽屋の暗がりに姿を消した。

大門が笑いながらいった。

「爺さん、剣客相談人といっても、旅廻りの者には分からぬのではないか？」

「いいではないですか。少し偉そうで、役人と勘違いされれば、それはそれでいい」

左衛門は平気な顔でいった。

ほどなく、日焼けして、がっしりとした体軀の年寄りが先程の若い男を伴って現れた。

「私が座長の渡嘉敷太造《とかしきたいぞう》にございますが、どちら様でございましょうか？」

座長の渡嘉敷太造は文史郎に頭を下げた。

総髪の髪がばさりと前に垂れた。渡嘉敷はその髪を掻き上げ、顔を上げた。

文史郎は名乗り、大門と左衛門を紹介した。

「して、どのようなご用件でしょうか？」

「おぬしの芝居小屋で、昨日、武家が殺されたのう？」

「はい。そのお話でしたら、どうか奉行所にお尋ね願えませんか。奉行所のお調べが終わるまで小屋を開けてはならぬ、といわれてまして、私たちも非常に迷惑を被《こうむ》っておりますんで」

「わしらは、その話で来たのではない。その事件の直後、娘が一人行方知れずになりましてな。もしや、おぬしたちが存じていないか、と参ったのだ」

「娘さんが一人行方知れずになったというのですか？　それにうちの座が関係しているというのですかな？」

渡嘉敷太造は怒りを押さえるかのように顔をしかめた。

文史郎は頭を振った。

「そうはいっておらぬ。もしや、何か心当たりはないか、と思うてお尋ねしておる」

「その件でも、うちの座は迷惑を受けておりますんで。江戸にわしらが廻って来てから、娘さんが何人も攫《さら》われたということですが、それはわしらの与《あずか》り知らぬこと」

「なに、江戸で娘が何人も攫われているというのか？」

文史郎は左衛門や大門と顔を見合わせた。

「御存知ない。それは不思議ですな。お役人が、そういってましたよ。このところ、相次いで若い娘が拐かされていると。きっと余所者《よそもの》の仕業に違いない。それで、この度《たび》も、役人たちに芝居小屋のあちらこちらを調べられた。娘さんたちを隠しているのではないか、とね。困った人たちだ。余所者だと、すぐに疑いをかける」

「わしらは、そんなことは露知らなかった。気分を害したら許せ。もう一度訊く。おぬしら、娘がいなくなったことに、何か心当たりはないか？」

「ありませんね。あったら、お役人にも、申し上げています」

渡嘉敷太造は素っ気なく答えた。文史郎は気掛かりだったことを尋ねた。

「もう一つ、おぬしらのからくり人形の中に、童子の傀儡人形はないか？」

「それはありますよ。大人の傀儡だけでは芝居はやれませんからね」

「童子の傀儡は、誰が操るのか？」

「私ら傀儡師は、どんな傀儡でも操ります。年寄りであれ、幼児であれ、犬畜生であれ、妖怪化物であれ、どんな傀儡でも操れて一人前ですからな」

「童子の傀儡を見せてくれぬか？」

「いいですよ。仁太《じんた》、案内してあげな」

渡嘉敷は傍らの若者に顎をしゃくった。

「へい。親方」

仁太と呼ばれた坊主頭の男が楽屋に文史郎たちを案内した。

「しかし、なぜ、そんなに童子の傀儡が見たいのです？」

座長の渡嘉敷は首を捻った。文史郎はさり気ない口調でいった。

「昨日、それがしは立ち見席で芝居を見ておったのだが、侍に襲いかかる童子の傀儡らしいものを見たのだよ」

「………」座長は黙った。

「そのときに見た傀儡の顔が目に焼き付いておるのだ」

文史郎は歩きながら座長の様子を窺った。

「こちらでさあ」

仁太と呼ばれた男が案内した先は、楽屋の一角で、そこには、水滸伝の梁山泊に屯《たむろ》する英雄戦士たちや官軍の人形が、筵の壁や木箱の上にずらりと並んでいた。

馬や鹿、虎、狼などの獣の傀儡も乱雑に置かれている。

「童子の傀儡というと、これらだな」

渡嘉敷は大きな木箱の一つに歩み寄り、木の蓋を開けた。

木箱の中に、七、八体の童子の人形が蹲《うずくま》っていた。

「さあ、ご覧くだされ」

渡嘉敷は童子の人形を取り出し、一体一体台の上に並べて置いた。

文史郎は並べられた童子たちの人形の顔を見た。

いずれも、見覚えのない顔だった。あのとき、瞬間ではあったが、目にした白い丸顔は脳裏に焼き付いている。

「これだけかな？」

「……いや」

渡嘉敷の顔に動揺が走った。

「どうなさった？」

「おかしい。二体足りないな」

渡嘉敷は首を捻り、仁太に尋ねた。

「しばらく使ってなかったが、ほかに申《さる》と酉《とり》があったはずだが、誰か持ち出したのか？」

「親方、そんなはずないです。おれが知る限り、この箱にははじめから八体の童子傀儡しかなかったですよ」

「そうだったかな」

渡嘉敷は楽屋の出入り口に目をやった。

いつの間にか、そこには小柄な、しかし顔だけが軀に比して、不釣り合いに長くて大きい男がのっそりと現れた。

気配もせず、足音もしない。

文史郎は左衛門と顔を見合わせた。

忍びか、あるいは、その類《たぐい》の技を身につけた男だと文史郎は思った。

その背後に、いま一人、細身の美形な娘がひっそりと立っていた。

「おう。可愛い」

大門が鼻の下を延ばすのが見えた。

男も女も琉球の艶《あで》やかな衣裳を着込んでいた。

「ちょうどいいところに来た。島吉《しまきち》、おまえ、この木箱から、童子の傀儡を持ち出さなかったか？」

島吉と呼ばれた男はちらりと木箱に目をやり、頭を左右に振った。

「いいえ」

「知花《ちばな》は？」

知花と呼ばれた娘は大きな目を文史郎や大門、左衛門に流しながら、穏やかに頭を振った。

「いいえ。……親方、何かあったのですか？」

「ならばいい。わしの勘違いだろう」

座長の渡嘉敷は文史郎に向き直った。

「いまは童子の傀儡は、これだけだが、どうかしましたかな？」

「そうですか」

並べられた童子の人形は、一体以外は、いずれも坊主頭だった。おそらく芝居に使うときには、鬘《かつら》でも被らせるのだろう、と文史郎は思った。

「手に取ってもいいかな?」

「どうぞ」

座長はうなずいた。

文史郎は八体の童子の人形から、芥子《からし》坊主の銀杏髷《いちょうまげ》を結った女童子の人形を選んで手に取った。

ちらりと見ただけの記憶だったが、その人形がほかの人形よりも顔の造りが似ているように思った。

丸顔の人形は虚ろに目を開いている。口は堅く閉じられていた。

手足は生きた幼児によく似せて作られている。両手は、いずれも軽く握った格好になっており、その手の握りの中に、扇や刀を差し込むことができそうだった。

人形の手足や頭、背中や腰など軀の各所から何本もの紐が出て、それらを束ねて一つに結んである。

「ほう。おもしろいな」

大門が適当に紐を掴んで引いた。

人形は手足を少し動かしただけだった。

文史郎は座長に訊いた。

「これは、どうやって動かすのですかな？」

渡嘉敷は知花に目でやれと合図した。

知花は文史郎から童子の人形を受け取った。

束ねた紐の端を両手で握り、女童子を床に座らせた。

知花がいくつかの紐を操ると、たちまち童子の人形は命を吹き込まれたかのように、両足で立ち上がり、軀をしゃんと伸ばした。

島吉が突然、低い声で琉球民謡を唄い出した。

「はっ」

知花の掛け声とともに、童子の人形はその場で、両手を掲げ、島吉の唄に合わせて、軽快に踊りはじめた。仁太が口笛を吹いた。

琉球の踊りカチャーシューだった。

知花は賑やかな唄と口笛の音頭に合わせ、童子の人形を踊らせる。まるで、琉球童子がその場で踊っているかのようだった。

「もういい。やめなさい」

座長が命じた。

知花は文史郎ににこりと笑い、人形を操るのをやめた。童子の人形は文史郎につぶらな瞳を向けた。目蓋《まぶた》をぱちりと閉じ、ぺこりとお辞儀をした。

「おう、美事美事」

「これは素晴らしい」

「まるで本物の子供みたいだ」

文史郎たちは口々に知花の操り人形の技を誉め称えた。

知花はまた無愛想な顔に戻っていた。童子の人形もくたっと床に崩れ落ちた。知花は無造作に人形を摑み上げ、木箱にそっと戻した。

文史郎は知花に訊いた。

「この傀儡を宙に飛ばすことはできるかね」

知花は怪訝な顔をした。

「宙を飛ばす？　もちろん。……仕掛け紐さえあれば」

「仕掛け紐？」

親方の渡嘉敷が知花の代わりに答えた。

「舞台の柱から柱へ紐を渡しておけば、その紐を伝わるようにして、傀儡が宙を飛ぶように見せることはできましょうな」

「なるほど」

文史郎はうなずき、あらためて渡嘉敷に訊いた。

「では、傀儡に刀を持たせることはできますかな？」

「妙なことをお尋ねですね」

渡嘉敷は笑いながら怪訝な顔をした。

「工夫すればできないことはないでしょうが、軽い扇子や飾り刀ぐらいなら持たせることはできるでしょう。だが、本物の刀は重すぎてまず無理でしょうね」

「そうか、駄目か」

文史郎は渡嘉敷の顔を見つめた。渡嘉敷の顔や態度を見る限り、嘘やごまかしをいっている気配はなかった。

「まさか、本気で、童子の傀儡が刀を持って、あのお侍を襲ったと思っているのですかな？」

渡嘉敷は顔をしかめた。

文史郎はうなずいた。

「あのとき、ほんの一瞬だったが、暗がりの中に刀がきらめいたのを見た。ついで柱の陰に小さな影が隠れた。殺された侍の御新造もいっておったではないか。それがしも確かに見たのだ。おぼろげな明かりに、幼い童子の傀儡の笑い顔が浮かんで、ふっと消えたのをな」

　傍らにいた大門が、大きな軀をぶるっと身震いした。

「殿、あんまり脅かさないでくださいよ。それがし、どうもその手の怪談に弱い」

　座長の渡嘉敷は頭を振った。

「申し訳ないですが、信じられませんな。何かを見間違ったのではないですかな？もし、ほんとに童子の傀儡だったとして、ここにある傀儡とは違うのでしょう？」

「うむ。違う」

「ともあれ、私どもは、そのころ総出で水滸伝の芝居をやっていましたから、桟敷の方で何が起こっていたのか、まったく分からなかったのです。だから、突然、女の悲鳴が上がり、お客様たちが総立ちになっても、すぐには事態が分からず、芝居を続けていた次第で。な、みんな？」

　座長は島吉たちにいった。島吉も知花も仁太も、口々に渡嘉敷に同調して答えた。

「侍が殺された桝席をいま一度見せてもらえるかな？」

「もう血糊《ちのり》などは拭き取ってありますが、どうぞ。仁太、案内してあげな」

「へい」

仁太は文史郎たちに頭を下げ、「こちらへ」と手を舞台の方に向けた。

「親方、私たちは、もういいですか？」

「片付けものの仕事があるんで」

知花と島吉がいった。渡嘉敷はうなずいた。

「ああ、おまえたちは仕事を片付けてくれ」

渡嘉敷は文史郎に向いた。

「明日は、開演してもいいといわれてましてね。その準備で大変なんですよ。私も、これで失礼しますが、いいですかな」

「もちろんです。忙しいところを邪魔して済まなかった」

「また見に来てください。何か不審なことがありましたら、いつでも楽屋の方へお越しになってくださいな。では、これで」

渡嘉敷は頭を下げた。知花も島吉もいっしょに頭を下げた。

別れ際、知花がにこっと白い歯を見せ、ちらりと文史郎に流し目をした。

いい娘だ。文史郎は背筋がぶるっとした。

六

舞台裏から桟敷の桝席へは、桝席の背後を通る通路で行くことができる。

仁太は立ち止まった。

「ここが、その桟敷の桝席でやす」

文史郎は一目見て、殺しの現場をまざまざと思い出した。

その桝席は下手《しもて》側の一段高くなった桟敷に設《しつら》えられた特等席で、そこからは舞台がほどよく見渡せる。芝居を楽しむには格好な場所だった。

侍が殺された現場の桝席は、座長がいっていたように、それを窺わせるような痕《あと》はなく、きれいに片付けられてあった。

「殺された坂崎慎蔵は、たしか、このあたりに座っていた。御新造は右隣だったな」

文史郎は刀を傍らに置き、桝席の舞台側に座り込んだ。

眼の前に手摺りがあり、客はその手摺りから身を乗り出して芝居を観ることができる。

「では、拙者が御新造役を」

大門が文史郎の傍らに座った。

「それがしは、どうしますかな」

左衛門がうろうろしていた。

「爺は、刺客だ」

「刺客？　はい、とすると」

「どうやったら、それがしを一太刀で仕留めることができるか、考えてみよ」

「では」

左衛門は座り込んだ文史郎の周りをうろつきはじめた。

通路から仁太が怪訝な顔をして、文史郎たちの様子を眺めていた。

「おいおい、あんたたち、そこで何をしているんでえ」

突然、舞台の袖から現れた人影が大声で怒鳴った。

「そこを動くなよ」

舞台から二人の影がばらばらっと飛び降り、桟敷を横切って文史郎たちのいる枡席の前に駆け寄った。

男たちは十手を掲げて怒鳴った。

「そこは殺しの現場だ。いってい誰の許可を得て……」

「おう、忠助親分じゃないか。また会ったな。ちょうどいいところへ来た」

文史郎が背後の筵の隙間から入る光に顔を曝《さら》していった。

「あ、長屋の殿様」

忠助は十手を下ろした。

「相談人の大門の旦那や左衛門様も」

下っ引きの末松が十手を背後に隠し、頭を下げた。

「親分、小島殿はいっしょかな?」

「へい。いま、そちらに」

忠助親分は桝席の背後の通路を指差した。

仁太が通路をやって来る人影にしきりに頭を下げている。

やがて定廻り同心小島啓伍が桝席の出入り口にのっそりと現れた。

「あ、大館文史郎様ではないですか」

「ちょうどよかった。おぬしに会って話を聞こうとしていたところだった」

文史郎は桝席に入って座るように促した。

「それがしに話というのは?」

「おぬし、行方不明になった武蔵屋の娘お康の捜索を、わしらに依頼するようにいったであろう？」

文史郎は小島を睨んだ。小島は頭を掻いた。

「やはり、その件でしたか。申し訳ありません。はい、確かに。ご迷惑でしたでしょうか。しかし、武蔵屋には、それがしたちに頼むよりも、剣客相談人のみなさんに頼んだ方が手っ取り早いと思いましてな。お引き受けいただけましたか？」

「うむ。引き受けた。それで、いろいろ聞きたいのだ」

「なんのことでしょうか？」

「まず、お康が行方知れずになったことだ。お康は殺しの下手人を見たのではないか？　それでお康は恐くなり身を隠した」

「なるほど」

「だが、そうだとすると、なぜ、親にも知らせないのか。隠れている場所を知らせて来てもいい」

「それはそうですな」

「もう一つ、考えられるのは、顔を見られてまずいと思った下手人がお康を攫ったとも考えられる」

「それはあり得ますな」

「それで、ここでの殺しについて、事情を聞きたいのだ」

小島はあたりをじろりと見回した。

「分かりました。親分、人払いをしてくれ」

「へい。末松、あたりを調べろ」

「へい」

末松は桝席の下に潜り込んだ。

忠助親分は手摺りを軽々と飛び越え、桝席に上がった。

「おい、そこの若いの。悪いが楽屋裏へ行っててくれ」

忠助親分は仁太に命じた。

「へい」

仁太はおとなしく通路を引き揚げて行った。

忠助親分は通路の左右を見回し、誰もいないのを確かめた。

「ほう。用心深いな」

大門が感心した。

「爺も、少し寄れ。誰かに話を聞かれてはまずそうだ」

「はい」左衛門は小島の隣に座った。

小島は小声でいった。

「ここだけの話にしておいてください」

「もちろんだ」

文史郎は大門と左衛門の顔を見回した。大門も左衛門もうなずいた。

「ここで殺された坂崎慎蔵殿は、長崎奉行支配組頭で吟味役《ぎんみやく》でした」

文史郎は考え込んだ。大門が呟くようにいった。

「長崎奉行支配組頭で吟味役といえば、長崎奉行の懐刀《ふところがたな》ではないか」

「うむ」

文史郎は左衛門とも顔を見合わせた。

いうまでもなく、長崎奉行は出島《でじま》のある長崎を統治する最高責任者である。外国貿易の監視と海防の任にあたり、九州のお目付役でもあり、松平肥前守《まつだいらひぜんのかみ》や松平筑前守《ちくぜんのかみ》などを指揮する立場上、十万石の家格でもあった。

その長崎奉行配下の吟味役といえば、役料こそ三百俵、役金百両ていどだが、奉行に代わって奉行所の仕事の監査をし、奉行所への不満があればそれを吟味し、不正があれば老中にまで具申する権限がある。

吟味役は実務について何も知らぬ奉行に代わって監査したり、あれこれ差配する権限も持っているので、奉行に劣らず強力な権限を有している。幕府の中では、非常に人気のある役職だと聞いている。

それだけに、賄賂や付け届けなどの実入りもよく、幕府の中では、非常に人気のある役職だと聞いている。

「なぜ、長崎奉行所吟味役が任地の長崎におらず府内におったのだ？」

「それが町奉行所の平役である、それがしたちごときには、なんの説明もないので分からない。ともあれ、府内にいて、たまたま芝居見物をしていて殺されたということで、上は下に理由は聞くな、ただ下手人だけを探せというお達しなのです」

「なるほど。では、なぜ、殺されたのかの理由も、上からは聞かされていないのだな？」

「はい。ところで、殺されたのは、坂崎慎蔵殿だけではないのです。このところ、あいついで、幕府の役人が闇討ちされて殺されただけでなく、大店《おおだな》の商人も殺されているのです」

「なんだと？　役人だけでなく商人もか？」

「四日前の晩には、やはり勘定吟味方下役の小笠原新佐衛門殿が舟で屋敷へ帰る途中、何者かに襲われ、供侍ともども闇討ちされた。この事件では船頭まで巻き添えになり、三人が犠牲になっています」

「なんと、勘定吟味方下役が殺されたというのか？」

大門が訝った。

「左衛門殿、その勘定吟味方下役というのは、どんな役目なのだ？」

「勘定吟味方下役というのは、勘定吟味役配下の下役でな、いわば、町奉行の同心のようなものだ。勘定吟味役の手足となって査察や監査をする役目だな」

「その勘定吟味役というのは？」

「老中の直属だから、権限が大きい。勘定奉行配下の各役のお目付役でもあり、勘定奉行の相談役でもある。場合によっては勘定奉行を監査する権限もある。役高は五百石ぐらいの家格だが、とんとん拍子に出世すると、勘定奉行や幕閣になるのも夢ではない」

文史郎が訝った。

「いま、勘定吟味役は誰がなっている？」

「佐島弦内《さじまげんない》様です。殺された小笠原新佐衛門殿は、その佐島弦内様の屋敷に帰る途中に襲われたらしいのです」

小島は頭を振った。文史郎が訊いた。

「殺された遺体を検分したのか？」

「はい。それがよく似ているのです」

「似ている？」

「ここで殺された坂崎慎蔵殿の傷とそっくりでした。喉を鋭利な刃物で一搔き」

小島は喉を手刀で引く真似をした。

文史郎は大門、左衛門と顔を見合わせた。

「なぜ、殺された？」

「小笠原新佐衛門様は、佐島弦内様の差配で、何ごとかを探っていたものと思われます。だが、それが何かは、分かっていない。上も探るなという指示ですし」

「ううむ」

文史郎は腕組をした。

「ほかにも殺された者がいるといっておったな。いったい、誰が殺されたのだ？」

「表沙汰になっていませんが、ほかに少なくても武家二人と、商人一人が殺されています」

小島はあたりを見回し、なおも声をひそめた。

「武家の一人は、やはり夜、屋敷へ帰る途中で、辻斬りに遭い、ばっさりと斬られて。もう一人は寝所で寝首を搔かれて殺されたそうです。どちらも病死とされて、処理されたそうです」

「その二人は、誰か分かっているのか？」

「二人とも町奉行所扱いではないので、正式には、教えてもらえないのですが、ある伝《つて》を使って、聞き出しました」

「うむ。で？」

「辻斬りに遭ったのは太田具兵衛《おおたともべえ》殿」

「何者？」

「江戸船手《ふなて》の同心です」

江戸船手は江戸の湊《みなと》に出入りする船運の取り締りや船荷の監査を行なう役目だ。五千石の役高にあり、若年寄支配である。その江戸船手の配下に与力五騎がおり、そのまた下に同心五十人以上が働いている。

「寝首を掻かれたのは？」

「大目付の配下で、与力笠原主水典《かさはらもんどのすけ》様」

「大目付だと？」

文史郎は左衛門と顔を見合わせた。

文史郎の実兄である松平義睦《よしのぶ》は、大目付を仰せ遣っている。

「はい。大目付財前雄之丞《ざいぜんゆうのじょう》様です」

兄上ではない、と文史郎はほっとした。

「で、殺された商人というのは？」

「菱垣廻船《ひがきかいせん》問屋浪速屋《なにわや》の大番頭佐久蔵《さくぞう》です。佐久蔵は毒殺されたようです」

「毒殺？」

「はい。これは同僚が担当しておったので、分かったのですが、直前に太田具兵衛殿と会っていたのです」

「ということは、太田具兵衛を襲った辻斬りと同じ仲間かもしれぬというのだな」

「はい。それに……」

小島はまたあたりを見回し、声をひそめていった。

「それがし、はじめは信じなかったのですが、太田具兵衛殿は死に際に、助けに駆け付けた者に、傀儡が笑ったといっていたそうなのです」

「なに、傀儡が笑っただと？」

文史郎は思わず、大きな声を上げた。

大門も左衛門も、思わぬ話にきょとんとしている。

「さらに、寝首を掻かれた笠原様の家人は、寝所から逃げる傀儡を見たと。その傀儡もけた笑っていたというのです」

「毒殺された大番頭の方は、どうだったのだ？」

「さっき、同僚から調べの様子を聞いたのですが、佐久蔵は死に際に主人たちに、傀儡が笑う、と譫言《うわごと》をいっていたそうです」

「殿、……ほんとうだったのですね」

左衛門は目を丸くしていった。

「だから、ほんとだといっただろう？　それがしだけが見たわけではない」

「殿、笑う傀儡というのは何者なのですかな？」

大門はまだ信じられないという顔で首を捻った。

文史郎は唸った。

「何か、容易ならぬことが起こっているようだな。それにしても、武蔵屋のお康は、どうなったのだろう？　その一連の殺しと、お康の失踪は関係があるというのだろうか？」

左衛門がはっと気付いていった。

「ところで、小島殿、さっきここの渡嘉敷座長から聞いたのだが、ほかにも娘たちが何人も行方知れずになっているとのことだが」

「そうなんです。それがしたちに届けられた捜索願いは、武蔵屋のお康を含めて、十人にも上《のぼ》るのです」

「なんと、十人にもなるのか？」

「けしからん、なぜ、町奉行所は娘たちの行方を追わぬ」

「もちろん、追ってはいます。ですが、こう相次いで殺しが続くと、そちらの調べに追われて、娘たちの方まで手が回らないのです。だから、相談人の方々に、ぜひ、そちらの捜査をお願いしたいのです」

小島は真面目な顔でいった。

文史郎は左衛門、大門と顔を見合わせた。

第二章　神隠し

一

　武蔵屋康兵衛が文史郎たちの屯所《とんしょ》として用意したのは、離れの六畳間だった。

　康兵衛やお内儀のお麻岐としては、文史郎たちに離れに詰めてもらい、お康捜しに専念してもらおうというのだ。

　店の裏手にある離れに、文史郎たちが常駐していれば、万が一、お康を拐かした輩から金品の要求などがあった場合、すぐに相談に乗ってもらえると踏んだのだった。

　女中のお良が文史郎たちに、お茶を用意し、そそくさと引き揚げて行った。

　文史郎は湯呑みを取り上げ、熱い茶を啜りながらいった。

「もし、誰かがお康を誘拐したとしたら、なぜ、三日も経つというのに、身の代金を要求して来ないのだ？」

「身の代金目的ではないかもしれませんな」左衛門は茶を啜りながらいった。

「と申すと？」大門が訝った。

「武蔵屋康兵衛に商売上のことで、誰彼と取引するな、とか、逆にどこそこの商人と取引をしろとか強要しようとしているのかもしれません」

「爺、しかし、康兵衛は、そのようなことをしそうな商売仇がいるとはいっておらん。恨みを買うようなことも心当たりがないともいっていた。もし、そんなことを強要されたら、康兵衛は真っ先に、それがしたちに告げるのではないか？」

「なるほど、そうですな」

「それに、強要する相手が分かったら、何もそれがしたちの力を借りずとも、康兵衛たちだけで解決できるだろう？」

「確かにそうですな」左衛門はうなずいた。

文史郎は湯呑みを置き、腕組をした。

「それがしが、一番怖れていることは、お康を誘拐した輩が坂崎慎蔵を殺した下手人で、お康に見られたのを知って、己れの正体が明らかになるのを怖れて、お康を攫った場合だ。その場合、お康は……」

文史郎は黙って、あとの言葉をいわなかった。

「……消される」大門が低い声でいった。

「うむ」

左衛門が付け加えた。

「そうだとすると、下手人はお康が見知った顔の人物ということになりますな。お康が知らない者だったら、たとえ顔を見られても平気なはず」

「そうか。ということは、下手人はこの武蔵屋によく出入りしている人物で、なおかつ普段店には顔を出さないお康でも知っている、かなり親しい顔見知りということになりますな」

大門は目を光らせ、腰を上げた。

「さっそく、康兵衛を呼んで、心当たりはないか、尋ねてみましょう」

「大門、ちょっと待て。まだ、そう決まったわけではない」

「しかし、殿、ことは急を要する。一刻も早く、そやつを捕まえ、お康の居場所を吐かせて助けに参らねば」

「大門、早まるな。坂崎慎蔵を殺めた下手人がお康を攫ったと決まったわけではない。もしかすると、あの事件とはまったく関係がない者がお康を攫った場合も考えられる」

文史郎は目を閉じていった。

「殿、何を考えておられますか？」

「縁談を断られた男が、横恋慕して、腹いせにお康を拉致《らち》したということも考えられる」

大門はどっかりと腰を戻した。

「そうか。呉服商相模屋の次男坊の正吉との縁談を、お康が嫌だと断った件ですな」

「この場合も、身の代金を要求するようなことはあるまい。お康もおそらく殺されることはないだろう」

「しかし、どこかに監禁されているわけですな。可哀相に。正吉はけしからん男だ」

大門は憤慨した。

文史郎は目をかっと開き、左衛門にいった。

「爺、至急に玉吉《たまきち》を呼び出してくれぬか」

「はい。でも、何ごとですか？」

「もしかして、最悪の場合もある。小島から聞いただろう？　いま頻発している神隠しに、お康も遭ったかもしれぬ」

「神隠し説か。それもありうるなあ」大門は腕組をして考え込んだ。

左衛門は訊いた。

「殿、玉吉には何を調べてもらおうというのです？」

「玉吉なら、わしらよりも余程、裏の闇社会に通じておろう。巷《ちまた》に広まる噂話も、玉吉からなら、その裏のほんとうのことを聞かせてもらえるだろう」

大門が訝った。

「殿、玉吉というのは、あの元渡り中間《ちゅうげん》をしていた船頭でしたな。前にも、いろいろ世話になったが、信用のできる男なのでしょうね」

左衛門がにやっと笑った。

「大門殿よりも、よほど信頼できる男だ。なぜか、昔から殿やわしに懐いて、殿のためなら、たとえ火の中、水の中へ飛び込むのも厭《いと》わない男っ気のある江戸っ子だ」

「悪かったですな。どうせ、拙者は、それほど信頼ができぬ男ですよ」

大門は鼻を曲げ、不貞腐《ふてくさ》れた。

文史郎は笑いながら大門の肩を叩いた。

「大門、いまは、おぬしを心底から信用している。そう僻《ひが》むな。男がすたるぞ」

「そう。いつも豪胆沈着なサムライの鑑《かがみ》、大門殿らしくない。さ、機嫌を直して」

左衛門も笑った。大門はすぐに機嫌を直して、大声で笑った。

文史郎は懐から懐紙を取り出し、大門と左衛門の前に置いた。

懐紙には筆で神隠しに遭った十人の娘たちの名前が書き並べてあった。先に同心の小島から聞き出した名前だった。

「これまで神隠しに遭ったように娘九人が行方知れずになっていた。もしや、お康が十人目の犠牲者であるかもしれない。玉吉に頼んで、いったい誰の仕業か調べさせるのだ」

「分かりました。至急にやってみます」

左衛門はうなずいた。大門が訝った。

「殿、お康が、もし神隠しに遭ったとしたら、いまごろどうなっているのです？」

「それがしは、決して神隠しなど信じておらぬ。必ず娘たちを拐かした連中がいる。娘たちは、きっと生きて、どこかに監禁されている。お康もそうされているかもしれない」

「でも、娘を引っ攫った連中は、いったい娘たちをどうしようというのですかね？」

文史郎は顔をしかめた。

「どこか遠くへ連れて行き、廓《くるわ》か岡場所に売り飛ばすとか、あるいは、どこかに監禁して逃げられないようにし、男たちの慰みものにするとか、あるいは、誰かえらい人へ人身御供《ひとみごくう》として差し出し、奴婢《ぬひ》奴隷にするとか……まず考えられるのは、そんなところかな」

　大門は顔を真っ赤にして怒った。

「けしからん。許せん。か弱き無垢《むく》な娘たちを、そのような目に遭わせるとは、拙者、絶対に許せぬ。殿、娘たちをなんとしても助けましょうぞ」

「大門殿、興奮しない興奮しない。まだ、そうと決まったわけでなし」

　左衛門が宥《なだ》めた。大門は憤然としていった。

「左衛門殿、ことは急ぎますぞ。すぐに玉吉を呼び出し、娘たちを誘拐した連中が誰かを調べさせてくれ」

　文史郎は大門と左衛門を見ながらいった。

「では、爺は玉吉を呼び出し、神隠しに遭った娘たちの手がかりを探《さぐ》ってくれ」

「はい。殿」

　左衛門はうなずいた。

　文史郎は大門に向いた。

「大門、おぬしは、さっきの武蔵屋に出入りしている顔見知りの件をあたってくれ。

それがしは、相模屋の正吉にあたりをつけてみる。一つひとつ危惧していることを潰《つぶ》していく。そのうち残ったものが本筋になる」

「分かった。やってみよう」

「戻りは夕刻、暮れ六ツ（午後六時）だ」

「了解」「承知」

文史郎、大門、左衛門の三人は刀を手に、一斉に立ち上がった。

二

文史郎は相模屋の座敷に通され、しばらく待つうち、開け放った廊下に、母親に伴われた正吉が現れ、挨拶をした。

「この子が、次男坊の正吉にございます」

母親はお歯黒の口を手で押さえながら、愛想笑いをした。

文史郎は正吉を一目見て、お康が嫌だと言い出したのも無理ないと思った。

次男坊の正吉は、まだ前髪を付けた元服前の若衆で、歳は十八歳。まるで女のようななよなよした体付きをしている。

話しぶりも、どこか女々《めめ》しく、弱々しい。

「お康さんとは歳も二つ違いで、お似合いのいい夫婦になると思ったのですがねえ」

母親はそっと傍らの正吉を見ながら溜め息をついた。

「正吉、お康との話を断られ、おぬしはどう思った？」

「……どう思うって」

正吉は下を向き、女のようにもじもじと、細長く綺麗な指で畳の目をいじった。

「けしからん、おれを振りやがってとか思わなかったのかな？」

「まさか、そんなことは思いません。仕方ないでしょう」

「この子は、ほんとにあきらめがよくて、親として腹立たしいくらいに優しいんですよ。それに比べて、お康さんがしっかりしていること。さすが武蔵屋の一人娘だと、主人と話していたのです。こんな子ですけど、しっかり者のお康さんといっしょになれば、きっとしゃんとしてお店の仕事に精を出すでしょうにって」

母親は頭を振った。

文史郎はやや母親に同情しながら訊いた。

「ご主人は、まだお康との縁談を進めるつもりなのですかな？」

「主人は、もう半分あきらめたようです。縁がなかったと思えと。でも、わたしはあきらめきれないんです」

「でも、お母様、お康さんは、わたしを嫌いだし、たとえ夫婦になれたとしても、お互い不幸になるだけだと思いますよ」

正吉は上目づかいに母親を見ていった。

「まあ、この子まで主人と似ていて」

「だって、お康さんは、わたしにいいましたもの。私には言い交した男の人がいますって。だから、私のことはあきらめてくださいって」

「まあ、そんな嘘を信じてしまって。武蔵屋さんも、お内儀さんのお麻岐さんも、お康さんには、そんな男の人はいない、といってましたよ」

母親は眉根をひそめ、文史郎にまた愛想笑いをした。

「でも、お母様、お康さんはこうもいってました。もし、無理に縁談を進めようとしたら、きっとその人と駆け落ちしてしまうだろうって。だから、わたしは、もうお康さんといっしょにはなれない、とあきらめたんです。お母様も、これ以上、お康さんとの話は進めないでください」

「まあ、この子はこんなことをいって。相談人様、どうか、この子にいってやってくださいな。縁談は、当人同士がどうあれ、相模屋と武蔵屋の両家が縁を結ぶためなのだから、親孝行だと思って、お康さんと夫婦になりなさい、と」

文史郎は笑いながらいった。

「親御さんの気持ちは分からないでもないが、正吉の気持ちを大事になさった方が、将来はいいかもしれませんぞ」

「とおっしゃいますと？」

「仮に親のいう通りに、正吉がお康と夫婦になったとして、あとになって別れる別れないの離婚話になり、両家が仲たがいするかもしれない」

母親は不機嫌な顔になり、ふんと鼻を横に向けた。

その様子に正吉は白けた顔で文史郎を盗み見、首を竦《すく》めた。

三

庭に夕暮れの気配がひたひたと満ちはじめていた。

離れの行灯《あんどん》に火が入れられ、部屋の中がぼんやりと仄《ほの》かな明かりに照らされていた。

豚の蚊《か》遣《や》りから、杉葉の煙がゆったりと立ち上り、部屋の中に漂っている。

晩夏とはいえ、まだ昼の暑さが部屋に残っていた。

文史郎は団扇《うちわ》を扇ぎながら、膳に用意された盃で、灘《なだ》の下《くだ》り酒を飲んでいた。

どこかで暮れ六ツの鐘が鳴り響いていた。

やがて、母屋に繋がる廊下を、賑やかに話しながら、大門や左衛門たちがやって来る足音が聞こえた。

「おう、殿は、もう、お帰りでしたか」

大門は上機嫌な様子で、大股で離れに入って来た。続いて左衛門が、そして、その背後から腰を低めた玉吉が現れた。

「殿、玉吉を連れて来ました。いろいろ直接、聞きたいこともあろう、と思いまして」

「殿、お久しぶりにございます」

玉吉は畳の端に座り、文史郎に頭を下げた。

「おう。玉吉、ご足労願ってあい済まぬな。おぬしの力が、どうしても必要になりそうなのでな」

「あっしがお役に立てるかどうか」

玉吉は手拭いで首筋の汗を拭った。

廊下を静かに歩く足音が聞こえ、女中頭のお良が現れた。離れの入り口に座り、文史郎たちに頭を下げた。

「みなさま、お帰りなさいませ」

大門が大声でいった。

「お良さん、さっそくで済まないが、みんなに酒を付けてくれぬかの」

「はい」

「おいおい、大門、もう飲んでおるのではないか？　酒臭いぞ」

「殿、ちょっとそば屋で飲んだだけでして、まだ酔ってはおりません。で、お良さん、それに摘みの肴《さかな》も少々な」

「畏《かしこ》まりました。すぐに御用意いたします」

お良は微笑み、立ち上がって台所へ戻って行った。

文史郎は大門たち三人を見回した。

「では、それぞれが調べた結果を報告し合おう。まずは、それがしからにしよう」

「どうでしたか？　相模屋の正吉の線は？」

大門が訊いた。文史郎はうなずいた。

文史郎は相模屋で正吉や両親に会ったときの印象を三人に話して聞かせた。

「そんななよなよした男でしたか。お康を攫ってでもいっしょになりたい、というような骨のある奴かと思ったが」

大門は頭を振った。文史郎は続けた。

「お康が行方知れずになっているということも知らなかった。父親も母親、正吉もみんな驚いていたからな」

「では、正吉の線は消えたようなものですね」

左衛門は溜め息をついた。文史郎はうなずいた。

「まあ、あの線ではないだろう。ただ一つ、気になったことがある」

「なんです？」

「正吉によると、お康には言い交した許婚《いいなずけ》がいるというのだ。だから、お康は正吉との縁談を断ったそうなのだ」

「父親の康兵衛も、母親のお麻岐も、お康にそんな許婚がいるとはいっていませんでしたよ。お康は正吉と夫婦になるのが嫌さに、嘘をついたのではないですかな」

「そうそう。それがしも、左衛門殿のいうことに賛成だな」

大門が我が意を得たりというようにうなずいた。

「では、大門、おぬしの調べは、いかがだった？」

「主人の康兵衛と、お内儀のお麻岐に、お康の顔見知りによる拐かしではないか、と尋ねたら、二人とも驚いておった。しかし、結論からいえば、そんな殺しをするような顔見知りの人物がいるとは思えない、ということだった。侍にせよ、荒くれ者にせよ、店先までで、お康や母親たちが住んでいる奥にまで足を踏み入れるようなことはないと」

「なるほど」文史郎は腕組をしてうなずいた。

「念のため、店にいた大番頭や小番頭、手代から丁稚に至るまで、あたってみたのだが、康兵衛やお麻岐と大差のない答えだった。だから、顔見知りの犯行だとは思えない」

「ご苦労さんだった」

「大門殿、どちらで、お酒を召し上がったのかな？」

「若手で、みんなから人望がある番頭の佐助《さすけ》という男がいて、その佐助から話を聞こうと、ちょいと近くのそば屋へ呼び出した。そこで、ちと酒をふるまい、武蔵屋の奉公人や辞めた者で、恨みを持っているやつはいないか聞き出そうとした」

「それで、何か分かったかな？」

「佐助によると、辞めた奉公人は何人もいるが、みんなたくさん手当てを貰い、故郷に帰って行ったから、武蔵屋に恨みを持つ元奉公人などいるとは考えられないと申しておりましたな」

「なるほど」

文史郎は左衛門に顔を向けた。

「では、爺の方はいかがかな」

「それがしは、玉吉が仕事を終えて帰ってくるのを待つのが主だったので、あまり調べはできませんでしたな」

「それはそれで致仕方あるまい」

「ですが、近くにあった読売りに立ち寄って、手代たちから神隠しに遭った娘たちの話を聞くことができました」

「ほう。どういう話だ?」

「瓦版屋が摑んでいる神隠しの件数は、まだ五人で、こちらが摑んでいる十人の名前を教えたら、そんなにいるのか、と仰天してましたよ。それで、わしが十人の名前を教える代わりに、彼らが聞き込んでいる五人の娘たちのことを教えてもらったのです」

「左衛門殿も、やりますなあ。すごい」

大門が感嘆した。左衛門は得意げに懐紙を取り出し、畳の上に拡げた。

「瓦版屋が調べた娘たち五人は、お志麻《しま》、お菊《きく》、お琴《こと》、お公《きみ》、お里《さと》。十四から十八までの美人揃いで、いずれもなんとか小町と呼ばれていた評判のいい娘たちばかりだとのことです」

「なに、小町揃いだというのか。けしからん」

大門は憤慨した。

「五人の家は、まちまち、お里は簪《かんざし》職人の娘だし、お菊は渡り大工の娘。金持ちの商家の娘はお琴とお志麻だけ。お公は浪人夫婦の娘で、唯一武家の娘という具合です」

「五人に共通していることはないか？」

「いずれも、夕方暗くなってから、一人になったところを狙われて攫われていることだそうです」

「なるほど。ほかには？」

「やはり、身の代金などの請求がない。だから、親御さんたちは、下手人たちからいつ連絡が入るかと、やきもきしているそうなのです」

文史郎は腕組をし、考え込んだ。

「やはり、身の代金目当ての拐かしではない、ということか」

「殿、すると、娘たちを廓に叩き売るとか、人身御供にするという話ですかな」

「おそらく」

「けしからん。なんとしても、お康やほかの娘たちも助け出さねば。ね、殿。なんとか助けましょう」

大門は鼻息荒くいった。左衛門はにやっと笑った。

「大門殿は、神隠しに遭ったのが、若くて美形の娘たちだから、余計興奮しているのでしょう?」

「いや、そんなことはない。純粋に、娘を拐かした連中に怒りを覚えているのだ」

文史郎は玉吉に顔を向けた。

「玉吉、話は聞いておったろう?」

「へい」

「わしらは、この武蔵屋の娘お康を捜し出し、助け出さねばならん。おぬしに、この人攫いたちを突き止めるのを手伝ってほしいのだ」

「分かりやした」

「お康がいなくなってから、もう三日。ほかの娘たちも神隠しに遭ってから、もう十日以上は経つ。もう、どこか遠くに連れ去られているやもしれぬ。一刻も早く、お康の行方を突き止めねばならんのだ。どうだ、やってくれるか？」

「へい。少々時間をくださいまし。いえ、何日もというわけではございません。今夜から明日の昼ごろまであれば、何か手がかりを摑むことができるかと」

「玉吉、何か心当たりでもあるというのか？」

「へい。実は、妙な噂を耳にしてましてね。最近、西国の方から、傀儡師一味が大挙江戸へ入ったというんです」

「何、傀儡師一味だと？」

文史郎は左衛門や大門と顔を見合わせた。

「それも、赤目《あかめ》一族とか呼ばれている連中で、どこかの藩の密命を帯びてやって来ているというんでやすがね」

「広小路にからくり人形を操る琉球一座が来て公演しておるが、あれも傀儡師だろう？」

「へい。おそらく」

「どこの藩の密命を帯びているというのだ？」

「さあ、そこまではまだ分かりません。調べてみないと」

「その傀儡師一味が娘たちの神隠しをやっているのか？」

「そうとは、まだ決まっていませんが、そいつらが江戸へ来たころから、神隠しが始まっているので、怪しいとあっしは思っているんです」

「なるほど。玉吉、おぬし、すぐに探索にかかってくれ。それがしたちも、その赤目一族を調べてみることにする」

「へい、では、これで失礼いたしやす」

玉吉は文史郎に一礼し、音もなく廊下を歩き出した。

文史郎は、左衛門や大門と顔を見合わせた。

「もしや、連続している殺しは、その傀儡師一味の仕業ではないか？」

「そうですな。笑う傀儡が、その証拠かもしれませんな」

左衛門が唸るようにいった。

廊下に足音がして、お良とお信たちが膳を持って現れた。

「お待ちどうさま。あら、お一人はお帰りになられたのですか」

文史郎は答えるのも忘れて、考え込んでいた。

「おおよいよい。余った分は、拙者が頂こう」

一人大門だけが元気よく答えた。

四

翌朝早く、文史郎は大門を連れ、左衛門の案内で神田神保町《じんぼうちょう》の通りにある瓦版《かわらばん》の版元《はんもと》を訪ねた。

「殿、こちらでござる」

左衛門は「江戸双紙売り」の看板を掲げた店先を手で指した。

版元はちょうど徹夜で瓦版を刷り上げたところらしく、店先には編み笠を被った読売り（売り子）たちが群がり、刷り立ての瓦版の束を抱え、小走りに通りへ急いで行く。

読売りたちは、自分の根城である辻や広場に立ち、声を張り上げ、瓦版に書かれた記事をおもしろおかしく口上《こうじょう》し、通行人の好奇心を引き、瓦版を売り付けるのだ。

店の手代や丁稚が威勢のいい掛け声でやりとりしながら、読売りたちに瓦版の束を渡す代わりに、銭貨の束を受け取っている。

「御免くだされ。御主人はおられるかな？」

左衛門は店先で大声を張り上げた。

「はーい。ただいま」

店の奥から返事があった。

文史郎は店の奥を覗いた。

店先に続く作業場では、大勢の木版職人たちが、ずらりと並べた版木《はんぎ》に墨を塗っては紙をあて、つぎつぎに瓦版を刷り上げている。

刷り上がった瓦版は庭に運び出され、紐に吊るされて天日干《てんぴぼ》しされている。

瓦版は乾く端から回収され、頁ごとに分けられ、作業場の隅に積まれて行く。

戦《いくさ》のような騒ぎだ。

作業場の一角にある内所《ないしょ》から、小太りの男が立ち上がり、いそいそと店に出て来た。

「ああ、篠塚左衛門様。昨日は、どうもありがとうございました。おかげさまで、本日の瓦版はたいそうな出来になりました」

「おう、そうでござったか。それは何より」

左衛門は文史郎と大門を振り向いた。

「殿、こちらが版元の御主人でござる」

「主人の亀蔵《かめぞう》にございます」

亀蔵は小さな目をさらに細め、文史郎と大門に深々と頭を下げた。

左衛門は文史郎と大門を亀蔵に紹介した。

「それはそれは、剣客相談人様、お初にお目にかかります。剣客相談人のみなさんの評判は常々伺っておりました。いつか、うちの瓦版で剣客相談人のご活躍振りを大々的に取り上げたいと思っておりました。こんなに早く、その機会が巡って参るとは……」

「亀蔵、それがしたちは己れのことを瓦版に書いてもらおうとして訪ねたのではない。おぬしたちが入手した被害者の娘たちの話を聞きたいと思って参った」

文史郎は亀蔵に釘を刺した。

「そうでございましたか」

亀蔵は少し残念そうにうなずいた。

「しかし、昨日、篠塚左衛門様からお聞きした話を、本日の瓦版に書かせていただきました。これは評判になりましょう」

亀蔵は手にした瓦版を拡げ、文史郎に見せた。

刷り立てで、まだ墨が生乾きの瓦版には、『江戸の町から、花の小町娘十人が忽然と行方知れず。これは鬼神による神隠しか、はたまた卑劣な人攫いの悪業か』という大文字の見出しが躍っていた。

そこには何人もの娘が、悪鬼妖鬼に寄って集《たか》って組み伏せられたり、着物の裾が乱れて腿が露《あらわ》になりながら拉致される、生々しくも扇情的な挿し絵が掲げられてあった。

文史郎は大門と顔を見合わせた。

「……なんともはや、畏れ入ったのう」

亀蔵は慌てて言い訳するようにいった。

「いや、これは売らんがためではありません。広く世の娘たちに他人事《ひとごと》ではありませんよ、あなたも用心しないと、こんなことになるぞと警告する意味もあっての絵でして……はい」

左衛門が割って入った。

「亀蔵殿、攫われた娘たちの家族に会いたいのだが、何人か教えてくれぬかな」

「それはもう、お世話になった左衛門様の要請とあらば、喜んで。担当の手代を呼びましょう」

亀蔵は店の奥で木版刷りの作業をしている男たちの一人に声をかけた。

「おーい、弥平《やへい》、来てくれ」

「へい」

弥平と呼ばれた男は木版刷りをほかの職人と交替して、店先に出て来た。

「あ、左衛門様。昨日はお世話になりました」

弥平は左衛門に頭を下げた。墨で汚れた顔を亀蔵に向けた。

「親方、なんでしょう？」

「弥平、こちらの相談人のみなさんを被害者の家族のところへ案内してあげてくれぬか」

「へい。分かりやした」

左衛門が文史郎にいった。

「殿、こちらの手代の弥平が、昨日、消えた娘たちのことを話してくれたのです」

「おう、そうか。弥平、頼むぞ」

「へい。では、いま出掛ける支度をしますんで」

手代の弥平は店に戻って行った。

亀蔵は目を細めながらいった。

「ただし、相談人様、うちとらの商売は書かれた人たちには受けがよくなくて、場合によっては、うちの紹介だというと追い返され、塩を撒かれることもありますかも……」

「ううむ。そうだろうな」

文史郎と大門は瓦版を見ながらうなずいた。

こんな淫らな浮世絵風に娘が描かれた親は、決して喜ぶはずがない。

「へ、お待たせしました。では参りましょうか」

弥平は井戸端で手や顔を洗ったようだったが、墨の汚れは落ちずに顔や手に付いていた。

五

「この内神田界隈では、この裏店に住む簪職人の駒次郎《こまじろう》の娘お里さんが行方知れずになりやしてね」

弥平は裏店の木戸の前で文史郎にいった。

「会ってくれるかどうか、ちょいとあたってみます」

弥平は尻端折りした格好で、木戸を潜り、細小路に入って行った。

「どうなりますか」

左衛門が不安げに文史郎を振り向いた。

「ううむ」

「きっと、駄目でしょうな」

大門も首を振った。

やがて、細小路の奥から、物の壊れる音がして、怒鳴り声が聞こえて来た。

「てめえ、こんな瓦版を出しやがって！　てめえらには、血も涙もねえのか！　とっとと帰《けえ》れ　帰れ！」

弥平がほうほうの体《てい》で逃げ帰って来る。そのあとから、心張り棒を振りかざした男が血相を変えて追って来た。

「相談人様、駒次郎さんを呼んで来ました」

弥平は文史郎と大門の背後に身を隠した。

「なんだてめえらは？　この瓦版屋の用心棒か！」

駒次郎は心張り棒を構えた。左衛門が駒次郎の前に立ち、宥めるようにいった。

「駒次郎、まあ、落ち着け。わしらは、おぬしの味方の相談人だ。話を聞け」

「なんだあ、味方の相談人だあ？」

「わしらは、神隠しに遭った娘さんたちを取り戻そうとしている。おぬしの娘のお里も助けたい。落ち着け」

「……お里を助けてくれるだと？」

駒次郎はようやく落ち着きを取り戻した。

駒次郎のあとから、お内儀も駆け付けた。お内儀もげっそりと憔悴《しょうすい》していた。

いつの間にか細小路には、騒ぎに気付いた長屋の住人たちが大勢集まって様子を見ていた。

弥平が文史郎の背中から顔を出していった。

「駒次郎さん、話を聞いてくれ。こちらの剣客相談人様たちは、行方知れずになった娘さんたちを捜し出そうとなさっているんだ。あっしらとは違う」

駒次郎はじろりと疑い深そうな目を文史郎に向けた。駒次郎の目は、娘が帰って来ないので、幾晩も泣き明かしたらしく、真っ赤になっていた。

「てやんでえ。……剣客相談人なんて知らねえな」

「あんた、剣客相談人といえば、噂に聞いたことがあるよ。たしか人助けをする人たちだよ。もしかして、お里も助けてくれるかもしれないよ」

「てやんでえ。サムライがあっしらのために骨を折ってくれるけえ」

駒次郎は喚いた。

文史郎は穏やかに駒次郎に話しかけようとした。左衛門が文史郎を手で止めた。

「殿、ここは爺と大門にお任せくだされ」

「なんだ、殿だと？　ふざけやがって。どうせ、どっかの偽殿だろうぜ。騙されねえぜ。とっとと帰って、味噌汁でも顔を洗って、一昨日《おととい》来いってえんだ」

「あんた」

「うるせえ。かかあは黙って引っ込んでいろ」

駒次郎は長屋の住人たちの前もあって、意気軒昂だった。

「駒次郎、まあ、話を聞け」

今度は大門がのっそりと駒次郎の前に踏み出した。

駒次郎は鍾馗様のような黒髯の大門に、たじたじとなって後ずさった。お内儀が駒次郎にすがりついた。

「わしらは、おぬしの娘のお里と同じように、突然神隠しに遭ったお康という娘を捜しておる」

「………？」

駒次郎は後ろからすがりついたお内儀と顔を見合わせた。

「お里やお康を含めて、十人もの娘が神隠しに遭って行方が分からない」

「十人も娘たちが行方知れずになっているんかい。瓦版には五人ってあったじゃねえか」

文史郎の背中から、おずおずと弥平が顔を出していった。

「……その後、十人だと分かったんでさ。今日の瓦版を読んでもらえば……」

「てめえに聴いてねえや」

駒次郎は怒鳴った。弥平は慌てて首を引っ込めた。

文史郎はいった。

「駒次郎、おぬしも娘のお里が神隠しに遭ったのだから、ほかの娘たちの親の悲しみや心配が分かるだろう？」

「…………」

駒次郎は黙った。

「いま神隠しといったが、それがしはそんなことは信じておらぬ。おそらく人攫いの仕業だ。おぬしの娘のお里も、我らが捜しているお康も同じ輩に攫われたのだと見ている」

「……そうですけえ」

駒次郎はようやく落ち着いた様子だった。

「だが、その連中が何者で、お里やお康がどこでどう攫われたのか、皆目分からない。捜し出す手がかりがほしいのだ」

「………」

「おぬしの娘が、どこでどんな風に行方知れずになったのか教えてほしい。人攫いの手がかりさえ見つかれば、お里を救い出すこともできる。どうだ、協力してくれぬか」

「あんた、あんた、お里を助けてくれるっていってんだからさ」

お内儀が激しく駒次郎の軀を揺すった。駒次郎はお内儀にうなずいた。

「……るせいな、分かったよ」

駒次郎は、その場にばたりと土下座した。

「相談人様、お里を助け出してくだせえ。そのためなら、なんでも協力します」

「お殿様、お願いします」

お内儀もいっしょに土下座した。文史郎は二人に立つようにいった。

「二人とも土下座などしないでいい」

「でも、……」

「ならば、それがしも座ろう」

文史郎はしゃがみ込んだ。

「殿、そこまでしなくても……」

左衛門が慌てて手で止めようとした。

文史郎は「いいから」と左衛門の手を払った。

駒次郎とお内儀は恐縮して縮こまった。

文史郎は駒次郎の顔を見ながら訊いた。

「お里さんは、いつ、どこで消えたか、教えてくれ」

「へい。八日前の夕方のことです。注文された簪が出来上がったもんで、お里に持たせて細川《ほそかわ》様のお屋敷に届けさせたんです」

「細川様の屋敷？」

「はい。細川様の奥方様からお受けしたご注文の金銀細工の簪でして、お約束の日から三日も遅れていたので、出来上がり次第にお届けしようと」

「爺、細川家の屋敷はどこにある？」

左衛門が小声でいった。

「はい。たしか細川様屋敷は神田川の新《あたら》シ橋の近くに」

「そうなんです。神田川沿いの柳原通りにありやして、ここからだと、どうしても柳原通りを通ることになる。暗くなると物騒だから、普段なら絶対に娘一人をやることはないんですが、娘がまだ陽は落ちていない、いまのうちなら、まだ暗くないから、忙しいおとっちゃんのために、出来上がった簪をお届けする、と聞かなかったんです」

「感心な娘だ」

「そうなんです。親孝行な優しい娘で」

「わたしが行けばよかったんです」

お内儀がうなだれた。

「かかあは、ちょうど夕餉《ゆうげ》の用意をしていて忙しいし、あっしはあっしで、次の注文の品を仕上げねばならず、ついつい、お里に行ってもらおうと思ってしまった。ほんとに魔が差したとしかいいようがねえんです。悔やんでも悔やみきれねえ」

駒次郎は着物の袖で目を拭った。

「で、お里さんの足取りはどこで消えたのだ？」

「ここから細川様の屋敷へは、柳原通りの土手を行くのが一番の近道で、おそらくお里もその道を急いだんだと思います。ところが、暗くなって娘は帰って来ねえ。もしかして、顔見知りの奥女中にでも引き留められ、屋敷にまだ上がっているんじゃねえか、と心配し、あっし一人で細川様の屋敷へ迎えに行ったんです。そうしたら、お里はとっくの昔に帰ったというじゃねえですかい。そいで慌てて引き返したが、どこにもお里の姿はねえ」

駒次郎はぐすりと鼻を啜り上げた。

「辻番屋にも寄ったが、番人はそんな娘は知らねえ、と素っ気ない。まんじりともせずに、一晩待ったんですが、お里は帰らない。それで翌朝暗いうちから、お里が歩いたと思われる柳原通りの土手を丹念に探して歩いてみたら、土手の草叢《くさむら》にお里の下駄の片方が脱げて転がっているじゃありませんか。周りを探し、川の中まで覗いたけど、お里の姿はない。それで、お里はここで神隠しに遭ったんじゃねえかとなったんです」

「神田川か」

文史郎は考え込んだ。

人攫いは、おそらく、お里を襲い、舟に連れ込んだに違いない。

「草叢に争った跡はなかったかな。たとえば血の跡がついていたとか」

駒次郎はお内儀と顔を見合わせた。

「ねえ、おまえさん、なんもなかったね」

「あっしらも丹念に、そのあたりを探して回ったんですがね。血の跡はなかったですね」

「では、お里さんは辻斬りなんかに殺されたのではなさそうだな」

「相談人様、どうか、お里を助けてやってください。お願いいたしやす」

「どうか、お助けくださいませ。お願いいたします」

駒次郎とお内儀は拝むように何度も文史郎に頭を下げた。

文史郎は娘を思う駒次郎とお内儀の姿に胸を打たれた。

「分かった。それがしたちが全力を尽くして、お里さんも助け出そう」

文史郎は大門、左衛門の顔を見ながらいった。大門、左衛門も黙ってうなずいた。

六

近くの水茶屋に落ち着いた文史郎は、茶を啜りながら、弥平に訊いた。

「弥平、おぬしは、お里以外の娘の家族にも事情を訊いておるのだろう？」

「へい。一応、事情を聞いて回っています」

弥平は神妙な面持ちでいった。

大門が訊いた。

「ほかの娘の家族も、だいたい、駒次郎夫婦のようなものなのだろう？」

「へい。もっとひどいです。あっしら瓦版屋は蛇蝎《だかつ》のごとく嫌われてまして、お公の父親の浪人には瓦版を届けて話を聞こうとしたら、危うく斬られるところでしたからね」

文史郎はさもありなんと頭を振った。

「そうだろうな。よう分かる。親の気持ちを無視して、よくもこんなことを平気で書くものだと、それがしも呆れ返ったものな」

弥平は頭を掻いた。

「そうですかねえ。こちとら、二度と起こらぬようにと親切心から書いているんですがねえ。多少、尾鰭《おひれ》をつけて、おもしろく書き過ぎたかな、とは反省してますが、そうでないと巷では売れないんです。売れないとあっしら瓦版屋はもちろん、大勢の読売りたちも飯の食い上げになっちまうんで」

文史郎は真顔で弥平に訊いた。

「ところで、弥平、神隠しに遭った娘たちのことだが、いつ、どこで姿を消したかだ。何か共通していることはないか？」

「そうでやすね」

弥平は腕組をし、考え込んだ。

「一つは、五件、いずれの娘も、川や掘割沿いの道で姿を消しています」

「ふむ」

「それから、篠塚左衛門様からお聞きした五件も、川ないし掘割の側で消えた。おそらく、人攫いたちは舟を用意して、それも屋根舟か伝馬船を使い、娘を舟に引き込んで拉致《らち》していると、そう思います」

「なるほど。それから、ほかに気付いたことは？」

「ふたつに、人攫いはいずれも、夕刻の暗くなるころから夜に起こった。人攫いの連中は、夜陰に紛れて、昼間に狙いをつけた娘たちに襲いかかり、用意した舟へ乗せて拉致した。ただし、十件のうち、一件だけ例外があります」

「もしかして、お康の件か？」

「そうなんです。現場は両国橋広小路だから、確かに川の近くではあるのですが、真っ昼間に攫われている。しかも、大勢の人込みの中からお康さんだけが連れ去られた。もし、お康さんが大騒ぎをすれば、誰か異変に気付くはずなんですがね。それがなかった」

弥平は頭を傾げた。文史郎もうなずいた。

「なるほど。だが、なんにでも例外はある。いまは、舟を使って娘たちを拉致し、どこへ運んだのかを考えよう。弥平、おぬしたちはどう思う？」

「それです。親方や仲間とも話し合っていたのですが、娘たちを舟に乗せて置くわけにいかないから、どこかへ移さねばならない。どこへ運び込むかです。推測するに、どこか、一時、娘たちを集めて監禁しておく場所があるに違いない。倉庫とか穴蔵とか、あるいはどこか山の中の洞窟とか」

「うむ。その通りだ。問題は、その先だ。人攫いたちは、拉致監禁した娘たちを、そのあと、いったい、どうするつもりなのか？　おぬしたち瓦版屋は、どう見ている？」

「……おそらく、江戸から遠く離れた、どこか地方の廓か遊び場に売り飛ばすのではないか、と思うのですがね」

文史郎はうなずいた。

「これは、それがしの推測なのだが、たとえ江戸から離れた地だとはいえ、これだけ江戸で大騒ぎになっている行方知れずになった娘たちを、いくら美人ばかりとはいえ、はたして買う廓があると思うかね？」

「なるほど。それはそうですね」

「もし、そんないわく付きの娘たちを買ったことがお上にばれたら、その廓の楼主は人攫いの仲間と見られ、お上から厳しく罰せられるだろう」

大門も我が意を得たりとうなずいた。

「殿、そうですな。そんないわくのある娘たちを高く買うはずがない」

「となると、人攫いは、なぜ、娘たちを攫ったのか？　疑問になりますな」

左衛門が訝った。文史郎はいった。

「それがしが、そこで、ふと思いついたのだが、もし、相手がお上の手が届かぬ異国の人買いだったら、どうだ？」

左衛門も大門も口をあんぐり開けて黙った。弥平はにやっと笑い、頭を振った。

「殿様、それは大胆な推測ですね。でも、それは大いにありうることです。そうか、娘たちを密貿易船に乗せて、異国人に売り飛ばすか。それは、おもしろい。明日の瓦版にでも書いて大々的に……」

「弥平、不謹慎だぞ」

左衛門が注意した。

「いけね。つい、瓦版屋の商売っ気を出してしまいやして」

大門も不機嫌な顔で弥平をたしなめた。

「弥平、これには十人の娘たちの命が掛かっている。下手《へた》に、そんなことを書き立てて騒ぐと、人攫いたちは娘たちの扱いに困り、口封じに始末するかもしれん。そうなったら、拙者がおぬしを許さぬぞ」

「でも、大門様、世間に嫌われることでも、あえて書いて報せるのが、あっしら瓦版屋の役目でして……」

「なにい、拙者のいうことが聞けぬというのか？」

大門がいつになく激怒し、刀に手をかけた。

弥平は首を竦め、逃げ腰になった。

「待て、大門。弥平も話が分からない男ではない」

文史郎が大門を宥めながら、弥平に座るようにいった。

「のう。弥平、いまは、さっきの話を書いてもらっては困る。娘たちを救い出してからならば、いくらでもおもしろおかしく書いていい。それがしが、いいというまで、瓦版に出すのは止めてほしい。協力してくれるか？」

「へい」弥平は大門をちらちら見ながらうなずいた。

「その代わり、それがしたちが分かったことはいくらでも弥平に流してやろう。奉行所で聞き付けた話も、欲しければ、いくらでも流してやるぞ。だから、わしらに協力してくれ」

「分かりやした。いいというまで書きません」

「弥平、ほんとだな」

大門が念を押した。

「あっしも男でやす。男に二言《にごん》はありません」

「よし、話は決まった。そこで、弥平にやってほしいことがある」

「へい、なんでやしょう？」

弥平は身を乗り出した。

七

文史郎は左衛門を連れ、八丁堀の南町奉行所へ足を延ばした。

定廻り同心の小島啓伍に面会を申し入れると、しばらく控えの間に待たされたものの、ほどなく姿を現した。

小島啓伍は、不精髯を頰に生やし、月代《さかやき》にも短い毛が延びていた。

「お待たせしました。なにせ、昨日から今朝にかけて、またまた事件があいついでましてな。一寝入りする暇もない状態でして」

小島は忙しそうだったが、嫌な顔一つ見せなかったので、文史郎も左衛門も恐縮した。

「ほんとうに忙しそうだな。出直そうかのう」

「いえ、殿。大丈夫です。むしろ、殿が訪ねてらしたので、それを口実にして、拙者、うまく仕事から抜け出し、こうして息抜きができると喜んでいるくらいですから」

小者が盆に湯呑みを載せて現れ、三人にお茶を給した。

小者が引き揚げて行ったのを見てから、文史郎が訊いた。

「何かまた事件が起こったのかな？」

小島はちらりと周りに人がいないのを確かめていった。

「昨夜遅く、小名木川《おなぎがわ》で深川帰りの舟が襲われましてね。乗っていた武家がまた一人殺されたのです」

「このところ連続している殺しと関係があるのかね？」

小島はあたりに人がいないのを確かめてから小声でいった。

「あるかもしれません。武家なので、うちの管轄ではなく、目付支配の同心が調べているところですが、もしかして、関係があるかもしれないです」

「その武家は何者なのだ？」

「まだ身許は正式に確認されていないのですが、薩摩藩士《さつま》と見られます。今朝早く、薩摩藩邸からの使者が訪ねて来て、遺体を引き取りたいといって来てますので」

「目撃者はいるのか？」

「船頭が川に飛び込んで助かっています。ほかにもいるのではないか、と岡っ引きを動員して聞き込みをしているところです」

　小島は周囲を気にしながら、声を押し殺していった。

「その事件ばかりでなく、今朝は、大川に女の溺死体が揚がりましてね。その方はそれがしが担当したので、いつになく忙しくなったのです」

「女の溺死体の身許は分かったのかね？」

「ええ。大奥に上がっていた女中見習いと分かったのです」

「どうして、その女中見習いが大川に浮かんでいたというのだ？　事故死か、それとも、自殺？　あるいは他殺かね？」

「それがまだ分からないのです。一月《ひつとき》程前に病気を理由に奥払いとなり、実家である商家に戻っていたのです」

「なんの病気かの？」

「家の者は堅く口を閉ざして、何もいわないのですが、帰って来た娘は錯乱状態だったそうです。もしかして、大川に飛び込んだのも、錯乱の末かもしれない」

「気が触れたというのか？」

「はい。しかし、奥へ上がった当初は、元気そのものだったそうです。帰って来たときは、げっそりと痩せた病人になっていたというのですが。医者によれば、阿片《あへん》中毒ではないか、と」

「なに、阿片中毒？」

「御内密に」

小島啓伍は口に指を立てた。

文史郎は左衛門と顔を見合わせた。

江戸城の大奥が阿片の毒に汚染されている、というのか？

もし、事実だとしたら、これは容易ならざる事態だった。

「小島、いったい、府内に何が起こっているのだ？」

文史郎は声をひそめて訊いた。

「まだ分かりません。……」

小島は近くに人がいないのを確かめてからいった。

「どうやら上様周辺までも巻き込んだ権力抗争が始まったのではないか、という専らの噂です」

「ほほう」

「先の小笠原新佐衛門殿闇討ちの件、芝居小屋での坂崎慎蔵殿斬殺の件、辻斬りに斬殺された太田具兵衛殿の件、寝首を掻かれた笠原主水典殿の件は、いずれも被害者が武家なので目付預かりになったのは当然なのですが、我々町奉行所の管轄であるはずの菱垣廻船問屋浪速屋の大番頭佐久蔵が毒殺された件も、突然、目付預かりとされたのです。それさえ異例なのに、御奉行様から、以後、佐久蔵殺しの件については吟味無用、触れてもならぬ、と直々《じきじき》に御下命があったのです。そのため、関連する事件について、すべて箝口令《かんこうれい》が出ているのです」

「それは妙なことになったのう」

「昨日には、大目付配下の与力、同心が奉行所に乗り込んで来て、それらの件に関する記録、吟味調書など一切合財《いっさいがっさい》を運び去ったのです」

「今度は大目付までが乗り出したというのか？」

「寝首を掻かれた笠原主水典殿が大目付財前雄之丞様配下の与力でしたから、大目付が乗り出すのも分からないではないのです。通常なら目付預かりにして吟味させればいいと思うのですが、そうしないということは……」

小島は意味ありげに、そのあとの言葉をいわなかった。

「なるほど。ただの殺しではない、ということだな。それも、幕府のみならず、どこかの藩が絡んでいる事件だと」

「ですから、我々町奉行所の手が届かぬ、はるか上で、何か起こっているとしかいえないのです」

文史郎はうなずいた。

「そうかそうか。そんなところに、またも薩摩藩士が殺され、大奥から戻った奥女中見習いが溺死した」

「薩摩藩士が辻斬りに遭った件については、幕臣ではないので、駆け付けた薩摩藩の目付が吟味をしていますが、奥女中見習いは商家の娘なので、我々奉行所の管轄です。それで、いま、それがしたちが吟味中なのですが、またぞろ、目付配下の同心が乗り込んで来る気配がある。取り調べ内容について、目付にも上げよといって来ているのです。おそらく、いずれ、この件も取り上げられるのではないか、と思われます」

「なるほど。どうやら、幕府の上の方で、何やら、世間に隠しておかねばならぬ重大事があるようだな」

文史郎は笑い、左衛門と顔を見合わせた。

「殿、あまり深入りせぬように、お願いしますぞ」

「分かっておる。わしらの目的はお康の行方を追うことだ。いまではほかの九人の娘たちを助け出すことまでやらねばならなくなったがな」

「そうそう。殿、そういう次第で、それがしたちは厄介な殺しの件から手を引くことになりましたから、今後は失踪した娘たちの捜索に全力を入れることになりました」

文史郎は喜んだ。

「おう、それはよかった。わしらもお康一人を捜索することで手一杯だった。おぬしたち町奉行所が乗り出してくれるとなると、百人力、いや千人力だ。のう、爺」

左衛門も、うなずいた。

「小島殿、お頼み申すぞ。やはり、こうした神隠しには奉行所が解決に乗り出してくれなければな」

「はい。奥女中見習いの件の事情聴取が間もなく終わりますんで、その後は、殿に協力して、娘捜しに専念できるかと」

「それはいい。ところで、それがしの手の者から、妙な噂を聞いた。最近、西国から傀儡師の一味が、江戸に入ったというのだ。彼らが江戸に来てから、娘がひんぴんと姿を消したというのだが、そんな噂を聞いたことがあるかな？」

小島はうなずいた。

「確かに、その噂は聞いています。ですが、娘たちの神隠しが始まった時期と、傀儡師一味が江戸へ入った時期が一致しているからといって、はたして関係があるかどうか」

「それはそうだ」

「それに、これまでのところ、娘たちが姿を消したとき、傀儡の姿を見たという人はまだいない。むしろ、傀儡師一味が関係しているのは、本筋の殺しの方でしょう」

「ううむ」

「小笠原新佐衛門殿が掘割で襲われた事件も、人形芝居小屋で坂崎慎蔵殿が殺された事件でも、寝首を掻かれた笠原主水典殿の事件でも、周りの人が童子の傀儡を見たといっていた。それで、わたしは、念のため忠助親分たちに江戸にいる傀儡師にあたらせたのです」

「それで?」

文史郎は身を乗り出した。

「そうしたら、確かに西国から傀儡師たちの集団が、江戸へやって来ているということを聞き込んだのです。その一つが広小路で興行をしている琉球一座でした」

「なるほど。ほかにも、傀儡師の一味は来ているのか？」

「来ているらしいです。彼らは、琉球一座のようにまとまっておらず、みなばらばらの大道芸人で、寺社の祭日やら、浅草や上野の盛り場で、大道芸をして傀儡を見せ、それで食べている。それで、琉球一座だけでなく、そういうばらばらの傀儡師たちを調べはじめたときに、突然、上から、もういい、調べるのは目付に任せろと吟味打ち切りをいわれたのです」

「その調べの際、赤目一族という名の傀儡師たちの話は出なかったか？」

小島は怪訝な顔をした。

「赤目一族？　それは、どういう傀儡師たちですか？」

「それがよく分からないのだ」

「分かりました。忠助親分たちに調べるようにいっておきましょう」

廊下に足音がして、同僚の同心がのっそりと顔を出した。

「小島殿、お客様でしたか。与力の桜井《さくらい》様が御呼びです」

「うむ、分かりました。すぐに行きます」

小島は返事をし、文史郎たちに向き直った。

「そういうわけでございます。では、また後程。御免」

小島は文史郎と左衛門にお辞儀をし、立ち上がった。

「よろしく頼みますぞ」

文史郎と左衛門は、黙って小島を送り出した。小島は同僚と何ごとかを話しながら、奥へ去った。

「殿、あとは玉吉が頼りですな。玉吉が何か聞き付けて来るかと」

「うむ。我々も引き揚げよう」

文史郎は刀を取り、立ち上がった。

「殿、大門と弥平、大丈夫ですかね。聞き込むうちに、また啀《いが》み合わねばいいが」

「大丈夫だろう。ああ見えて、外面《そとづら》は恐くても、大門は心優しい男だからな。無闇に啀み合うこともあるまいて」

「そうですな。二人とも、いい歳の大人ですからな」

左衛門は玄関の土間で草履を履きながら、文史郎に笑った。

八

玉吉が武蔵屋の離れの庭に姿を現したのは、昼をだいぶ回った時刻だった。

「遅くなりやした。調べるのに思ったよりも手間取りまして」

玉吉は庭の砂利に片膝を立てて、文史郎に頭を下げた。

文史郎は玉吉が左腕に晒しの包帯を巻いているのに気付いた。

左衛門が尋ねた。

「どうした？　腕を怪我したのかな」

「へい。ちょいと出先で、揉めごとになりましてね。ま、大した怪我じゃあござんせん」

玉吉はにやりと笑った。

文史郎は労《ねぎら》った。

「ご苦労だった。ほんとうに大丈夫か？」

「へい。いつものことですから」

玉吉は包帯を巻いた腕を擦り、なんでもない、という風にぐるぐると腕を回した。

文史郎は庭に座る玉吉を手招きした。

「玉吉、そこでは話が遠い。上がってくれ」

「へい。でも、大門様は？」

玉吉は部屋の中を窺うように見回した。

「大門は出掛けておる。大門には別に調べてもらっていることがある。おそらく夕方までには戻って参るだろう。遠慮せずに、上がれ」

「では、失礼いたします」

玉吉は草履を脱ぎ、踏み石に並べて置いた。尻端折りしていた着物の裾を直して、縁側から上がった。いったん畳に正座し、文史郎の前に膝行《しっこう》した。

「玉吉、どうだ、何か分かったか?」

「吉原の廓や深川なんかの岡場所に、女を斡旋している女衒《ぜげん》を捕まえましてね。近ごろ、巷で起こっている娘たちの神隠しについて、誰がやっているのか、知らないかと訊いたんでやす」

「なんと申しておった?」

「おれは知らないと白《しら》を切るので、少々痛め付けたんですが、ほんとうに知らない、といいやしてね」

「うむ」

「ただ、おれは知らないが、人買いの為蔵《ためぞう》が江戸で評判の小町と騒がれている娘を漁《あさ》っていると聞いたと白状したんです」

「人買いの為蔵? 何者だ?」

左衛門が訊いた。文史郎も訝った。

「へい。吉原や横浜の廓などの高級妓楼専門の女衒でして。歌舞伎役者のようにいい男でしてね。本人もほんとうの出自《しゅつじ》は、河原《かわら》役者だといっていましたが、そういわれても、なるほどと思うような、誰が見ても惚れ惚れする美男なんです」

「ほう。そんな美男の女衒もいるのか」

文史郎は唸った。

「為蔵は、しょっちゅう地方を巡り、土地土地で、器量のいい美形の娘を発掘して来るんでやす。自慢の美貌と、金や甘言で、娘を拐かし、江戸に連れて来て、吉原などの廓に法外な金で叩き売る。そうして作った大金を懐に入れて、また旅に出るという野郎なんです。為蔵が連れて来る女に外《はず》れはない、という評判の女たらしでして、この世界では知る人ぞ知る男なんです」

「その為蔵が娘たちの神隠しに関係しているというのか？」

「まだ、そこまでは分からないんですが、為蔵が江戸を離れず、江戸で可愛い娘を漁っているってえのが怪しいんで。もしかして、為蔵は誰かに頼まれ、事前に娘の居所を調べ上げ、拐かしの手引きをしているんじゃねえか、というわけです」

「なるほど。それは怪しいな」

文史郎は左衛門を見た。左衛門もうなずいた。

「玉吉、その為蔵の居場所は分かるのか？」

「それを調べるのに、少々時間がかかりましてね。いろいろ手づるを求めて、ようやく分かりました」

文史郎が訊いた。

「どこにおる？」

「いまごろ、本所の船宿を出たころかと」

「なに？」文史郎は訝った。

左衛門が笑いながら取りなした。

「殿、玉吉に抜かりはありませんよ」

「へい。手の者に見張らせてありますんで。どうぞ、ご安心を」

玉吉は頭を下げた。

「そうか。安堵した。さすが玉吉だな」

文史郎は玉吉を見、頭を振った。

文史郎は、実は玉吉が何者なのか、正確には知らない。傅役の左衛門をはじめ、誰も文史郎に教えてくれなかったこともある。それ以上に、父である藩主から、玉吉のことを詮索してはならない、という暗黙の命令が下《お》りていたからだった。

文史郎がまだ松平家の部屋住みとしてくすぶっていたころ、玉吉は中間《ちゅうげん》として、江戸藩邸で働いていた。

そのころの玉吉は、ほかの中間小者とは違い、文史郎の父である藩主から、特に目をかけられていた。何かというと玉吉は父から呼び出され、何ごとかを直々《じきじき》にいいつけられていた。そんなこともあってか、玉吉は近侍の家臣たちから、一目《いちもく》も二目も置かれていた。

ほかの中間とはまったく違う玉吉への扱いを見て、あるとき、文史郎はしつこく左衛門に玉吉のことを尋ねたことがあった。

そのとき、左衛門はただ笑うだけで、「玉吉は玉吉。ほかの何者でもありません。玉吉が何者かなどといった詮索は、若君には無用のこと」として決して明かしてくれなかった。

文史郎が養子に出て那須川藩主になったころ、玉吉は松平家の中間を辞めたと聞いた。その後、玉吉はしばらく渡り中間として、いろいろな藩邸を渡り歩いていたらしいが、最後には船頭の株を手に入れ、船頭に落ち着いた、という話だった。

だが、文史郎は、それは表向きで、船頭は玉吉が己れの正体を隠すための隠れ蓑だろうといまは思っている。

文史郎は、いまでは、あえて本人に問い質さないが、玉吉はきっと松平家に仕える、忍び、お庭番だろう、と踏んでいる。

玉吉は静かにいった。

「夜になれば、為蔵がどこへ行ったか、手の者から連絡が入ることになっています。それまでお待ちを」

文史郎は玉吉と左衛門にいった。

「どうだろう。その為蔵の居場所が分かったら、そこへ乗り込み、為蔵を捕まえて、人攫い連中を白状させるというのは?」

「為蔵は普通のタマではありません。いくら痛め付けても、たとえ死んでも、決して口を割らないでしょう。性根は腐っていても、自分だけ助かろうなどとは思っていません。悪党だが、悪党なりに、悪党の矜持《きょうじ》を持った男なんです」

玉吉は低い声で答えた。

「悪党の矜持?」

文史郎は左衛門と顔を見合わせ、頭を振った。

「わしらには剣客相談人の矜持がある。矜持と矜持がぶつかり合うというわけだ」

「殿、悪と正義の対決というわけですな」

左衛門はいい、廊下の方に顔を向けた。

「……。ははは」

廊下の方から、笑い声が聞こえた。

玉吉は居住まいを整え、縁側の方に後ずさった。

大門が上機嫌で、弥平と話しながら離れに入って来た。

「お邪魔します。大門様が、どうしても、いっしょに来いとおっしゃいますので、ついて来てしまいました。申し訳ありません」

「殿、ただいま帰りました」

弥平は頭を掻いた。

文史郎は左衛門と目を合わせて笑った。

一時、馬が合いそうになかった大門と弥平が、打って変わって仲良くなっている。

いったい、どういう風の吹き回しだというのか？

「殿、この弥平、はじめこそ嫌なやつと思うておりましたが、話してみると、どうしてどうして。それがしと結構話が合い、いいやつだと分かりました」

大門は傍らの弥平をどんと叩いた。弥平は頭を掻きながら、首を竦めた。

「ほう。それはよかった。仲違いしていては、ことはうまく運ばないからな」

文史郎は大門の豹変ぶりに呆れながら訊いた。

「で、首尾の方はいかがかな？」

「殿たちと別れてから、弥平の案内で、被害者の三家族を、足早でしたが巡り、家人から話を聴くことができましてな」

「そうか。で？」

「まず、それがしたちがあたったのは商家の娘たち、酒問屋の娘お琴、油屋の娘お志麻の家族でした。ついで渡り大工の娘お菊の家族にも」

「うむ、それで？」

「話を聞くと、三人の娘の失踪には、共通点がありました。三人とも、いずれも、夕刻の薄暗くなるころ、川端か掘割の側で行方知れずになっていました」

「やはり川や掘割の側か」文史郎は唸った。

「舟ですな」左衛門も呟いた。

「それから、いずれの場合も、目撃者がいました」

「なに。ほんとうか」

「はい。まず、お琴の御供をしていた小女《こおんな》によると、柳の木の陰から、ふらふらっと幽霊のような影が現れたそうです。提灯の明かりに浮かんだのは童子の傀儡で、それがにたりと笑った。それでお琴と小女は悲鳴を上げて腰を抜かした。小女は助けを求めて、その場から逃げ出した。ふと振り返ると、黒い影たちが寄って集《たか》ってお琴を担ぎ上げ、暗がりに消えた。小女は近くにいた侍に助けを求め、いっしょに現場に駆け戻ったが、お琴も黒い影も見当らなかったそうです」

「傀儡か」

文史郎は唸った。

「お志麻の場合も似ています。女中を連れたお志麻が橋の袂にさしかかったら、橋の下から、ふらふらっと人影が浮かび上がった。女中は気丈にも提灯を差し出し、相手を明かりに照らしたら、なんと幼女の傀儡で、それがけたけたと笑ったそうです」

「ふむ」

「さすが女中もお志麻も腰を抜かしてしまった。女中はお志麻を庇い、影に立ち向かおうとしたが、影の一人に当て身をされ、気を失ってしまった。気付いたときには、お志麻の姿は消えていた」

「渡り大工の娘お菊の場合は？」

「お菊の場合も、似たようなものでした。母親といっしょに買物帰りに橋を渡ろうとしたら、欄干から影がぬっと立ち上がった。お菊は母親を守ろうと庇ったら、提灯の明かりに浮かんだのが、幼女の傀儡だったというのです」

「ううむ」

「驚いたお菊を周りから現れた黒い影たちが担いで橋の下へ運び去った。母親は追い掛けたが、黒覆面の影が立ちはだかり、やはり当て身を受けて昏倒した。通行人に助けられたものの、お菊の姿は消えていた」

「いずれも、幼女の傀儡が現れたというのだな」

「そうでござる。どの家族も、剣客相談人にぜひとも娘を取り戻してもらいたいと泣きつかれましてな。これは、なんとかせねばならぬという気持ちになりました」

廊下に人の気配がした。文史郎は顔を廊下に向けた。

小女のお信がお盆を掲げ、静々と廊下を進んで来るのが見えた。

「おう、来た来た。さきほど、お茶と甘味を頼んでおいたもので」

大門は満足そうに笑った。お信は部屋の前で座り、湯呑み茶碗を載せた盆を置いた。

「お茶をご用意いたしました」

お信は湯呑み茶碗を、まず文史郎の前に置き、ついで左衛門や大門、玉吉や弥平の前に配りはじめた。ちょうど人数分の茶碗が揃っている。

「うむ。ありがとう、お信」

文史郎はちょうど喉が渇いていたので、さっそくに湯呑みに手を延ばした。

「おう、これこれ。それがし、これに目がなくて」

大門はお盆に載っていた最中《もなか》を一つ摘み上げ、むしゃむしゃと頬張って食べはじめた。

「大門殿は酒も強いが、大の甘味好きの甘党でもあるものなのう」

左衛門は呆れたように大門を見た。

「悪うござるか。誰も頂かないのなら、拙者が頂くが」

大門は二個目の最中に手を延ばした。

お信はお茶を配り終わっても、引き揚げようとせず、膝のあたりの畳の目をいじっていた。

文史郎はお茶を飲みながら、お信の様子に気付き、湯呑み茶碗を置いた。

「お信、いかがいたした?」

「…………」

お信はいうべきか、いわぬべきか躊躇《ちゅうちょ》しているようだった。

お信は美人とはいいがたいが、愛敬のある丸顔で、ぽっちゃりとした体付きをした小娘だった。

文史郎は話しやすいように、優しくいった。

「お信、何か、それがしたちに聴きたいことでもあるのかな？」

「はい。……」

きっとお康のことを心配しているに違いない。

「お信、遠慮なく申せ」

左衛門も微笑みながらいった。

「お信、殿はお優しい方だ。なんでも聴きたいことを訊くがいいぞ」

「はい。……お嬢様のことですが……その後、何か」

「分かったか、というのか。正直申して、まだ分からぬ。だが、心配するな。こうして、いろいろ調べたことを吟味して、人攫いどもを見付けようとしておるのだから」

お信は顔を上げ、文史郎を見つめた。

「……実は、お嬢様のことで、申し上げたいことが……」

庭に物音がした。小石が庭先に転がった。

「待て」

文史郎は庭をきっと睨んだ。すでに玉吉が縁側に移動し、身構えていた。

左衛門と大門も、慌てて刀を取り、不意討ちに備えた。

玉吉が庭を見据え、うなずいた。

「殿、それがしの手の者にございます。ご安心を」

板塀の屋根を越えて、一人の男の影が音もなく庭に飛び降り、その場に蹲った。

茶渋色の覆面をし、茶渋色の装束に身を固めた男だった。

玉吉は素早く庭に飛び降り、蹲った男の傍に寄った。何ごとかを囁き合っている。

「殿、為蔵が動き出しました。どうやら、今夜あたり、いま一人、娘を拐かすつもりか、と思われます」

「いま一人、人攫いしようというのか？」

「けしからん。殿、われらで、その娘御を守りましょうぞ」

大門が憤慨し、立とうとした。文史郎は手で大門を制した。

「大門、為蔵の邪魔をしてはならぬ。娘を拐かし、どこへ連れて行くのか泳がせよう」

大門が反対した。

「殿、それはあまりに危険では？　目の前で娘御が拉致されるのを黙って見逃すのですか。それよりも、そやつら一味を捕まえ、何人かを締め上げて、娘たちがどこに監禁されているかを白状させる方が、手っ取り早いのではありませぬか？」

「大門、相手は、何者なのか、まだ分からぬ。泳がせて、まずは、彼らの正体を知りたい。一味がどのくらいいるのかも分からぬのに、打ち込めば却《かえ》って危うくなる」

「大門殿、殿のお指図に従いましょう」

左衛門が大門をたしなめるようにいった。

「分かり申した。殿のお指図の通りにしましょう」

大門はにやっと笑い、すぐに持論を撤回した。その変わり身の早さが大門のいいところだった。

「玉吉、その者の名は？」

「音吉《おときち》にございます」

茶渋色の装束を着込んだ男は、玉吉に促され、文史郎に頭を下げた。

「して、為蔵はいずこにいるのだ？」

「牛込《うしごめ》界隈に張り込んでいるとのことです」

「なに、牛込界隈だと？」

文史郎は左衛門、大門と顔を見合わせた。

牛込には、弥生《やよい》が道場主を務める小野派一刀流の大瀧《おおたき》道場がある。

文史郎、大門、左衛門はひょんなことから弥生の大瀧道場に関わることになり、いまでは顧問として、暇な折には道場で門弟たちの指導も行なっている。

牛込なら文史郎たちにとって、庭のようなものだ。

「為蔵は牛込におる美しい娘に狙いをつけたというのか？」

「そうらしいです」

「牛込界隈で、そんな美女を見かけたかのう。大門、おぬし、道場の行き帰りに、あの界隈を、うろついておるようだから分かるのではないか。牛込小町とでもいう美女を」

文史郎は笑いながら大門を見た。

大門は首を捻った。

「殿、いくらなんでも、それがし、女子目当てにうろついてはおりませぬぞ。ううむ。牛込にひそむ見目麗しい女子のことなど知りませぬな。武家屋敷の奥にならば、いくらでも美しい姫君がおられるでしょうが」

「それがしは、一人知らないわけではないが」

文史郎は腕組をした。

「あ、殿、隅に置けませんな。のう、左衛門殿」

大門は鼻を鳴らした。左衛門は頭を振った。

「まあ、殿のことだから、好みもありましょうし。しかし……もしや」

左衛門ははっとして文史郎を見た。

文史郎は玉吉に訊いた。

「それで、為蔵は牛込の誰に目をつけたようだというのか？」

「音吉の話では、為蔵の手下たちは道場を張り込んでいるとのことです」

「やはりな」文史郎はうなずいた。

「なにい」大門が身を乗り出した。

左衛門は文史郎を見た。

「まさか」

文史郎が音吉に尋ねた。

「その道場の名は？」

音吉は低い声で答えた。

「大瀧道場にございます」

「為蔵の狙いは、弥生か。それは当然だろうな。弥生は気品もあり、どこへ出しても
恥ずかしくない、美しい娘だ。江戸一番の器量よし、といってよかろう。さすが為蔵

の審美眼は確かだのう」

文史郎は笑い出した。大門は真っ赤になって怒り出した。

「殿、そのような呑気なことをいっている場合ではありませぬぞ。あろうことか、為蔵は弥生殿を拐かそうというのか？　そんなことは許せぬ。拙者、命に換えても、弥生殿をお守りいたす所存」

「まあまあ、落ち着け、大門」

文史郎は憤激する大門を宥めた。

「為蔵は審美眼はあるが、弥生をただの娘と侮《あなど》っておる。弥生は、そう簡単に拐かされる玉ではない」

「殿、それは油断ですぞ。弥平が聞き込んだことによりますと、攫われた浪人の娘お公は、弥生殿同様に気丈な娘で、なおかつ父親から厳しく剣を習った練達の女武芸者だったと聞きます。な、弥平」

大門は黙って聞いていた弥平に向いた。

「へい、そうなんで。お公様はお美しいが、長刀《なぎなた》の遣い手で、普通の武芸者も敵《かな》わないということでした。それなのに、ある夜、忽然と姿を消したそうです。それでお父上様も、かえって心配なされていた。もしかして、人攫いどもと戦い、命を落としたのではないか、と」

「弥平、人攫いは、拐かした相手を殺すようなことはしない。殺してしまったら元も子もない。お公は殺されてはおらぬ。為蔵は弥生を狙っても、拐かすためで、殺めるためではない。さて、為蔵たちは、どうやって弥生を拐かすのか、お手並み拝見といこうではないか」

文史郎は左衛門や大門にいった。いいながら弥生が怪我をしないか、と多少心配になったが、無理遣《や》り、その不安を脇に押しやった。

もし、弥生が為蔵の手引きで、何者かに拐かされても、連れて行かれる先は、ほかの娘たちが監禁されているところに違いない。

少々危険ではあるが、弥生を餌にして、人攫いどもの隠れ家を突き止め、強襲して、お康をはじめとする娘たちを解放する。

そのための格好の機会が訪れたのだ。

「音吉とやら、ほんとうに為蔵は大瀧道場に狙いをつけたのだろうのう?」

左衛門が念を押した。音吉は低い声でいった。

「へい。手下の者が、道場の看板を見て、確認しております。為蔵が配下に身辺を見張るように命じているのは、道場主の娘です。まず間違いありません」

玉吉が付け加えた。

「殿、いかがいたしましょうか？　すぐにでも弥生殿に知らせ、身辺の警戒をするように」

「いや、これから、それがしが道場へ駆け付けて……」

大門が刀を手に腰を上げようとした。

「大門、待て。それがしに考えがある。いま、わしらが下手《へた》に動けば、せっかく餌に食い付いた大魚を逃がすことになる」

「しかし」

「まあ、待て。弥生なら、大丈夫だ。たとえ拐かされても、弥生なら平気だ。いざ、となったら、それがしたちが駆け付け、全力をあげて助け出せばよい」

「それはそうですが。弥生殿を囮《おとり》にするのでしょう？　どうも気が進まない」

大門は頭を振った。

「ほかに、十人の娘たちを救い出す手立てがない。弥生に賭けてみようではないか」

文史郎はそういいながら立ち上がった。床の間の刀架けから刀を取った。

「これから道場の近くに出掛けよう。だが、大門も左衛門も、それがしが、よしというまで、くれぐれも手出しは無用だ。いいな」

「はい。殿」と左衛門。

「分かりました。……」

大門は不安そうにうなずいた。弥平が身を乗り出した。

「殿、あっしも手伝わせてください。絶対にお邪魔はいたしません。お願いいたします」

弥平は懇願した。大門が頭を振った。

「弥平、おぬしはだめだ。これは命掛けの出入りになる」

「あっしは瓦版屋でやす。こんなおもしろそうな現場は滅多にない。この目で見聞きし、瓦版に書きたいのです。お願いしやす。あっしを連れて行ってください」

文史郎はうなずいた。

「よし。いいだろう。弥平、ついて来てもいい。ただし、足手纏いになるな。おぬしも、いざとなったら相手と闘え。拙者たちをあてにするな。そうでないと、死ぬぞ」

「覚悟してまさあ。あっしも、ちっとばかし修羅場をくぐったことがある男でさあ」

弥平は腕捲りをし、腕に彫った桜の刺青《いれずみ》を見せた。

「お殿様……」

お信が文史郎にすがるような目で見上げた。

「お信、ここで見聞きしたことは、誰にもいうな。いいな。おぬしの話は、帰って来てから、あらためてゆっくりと聞いてやる」

「でも……」

お信は何かいいたげだった。文史郎は、お信に大丈夫、無事にお康は連れ帰るとうなずいた。

「では、みなの者、行くぞ」

文史郎は刀を携え、廊下に踏み出した。

玉吉と音吉は、素早く庭に走り出て、身軽に板塀を乗り越えた。

文史郎は左衛門と大門、弥平を従え、店の玄関へと向かった。

九

文史郎たちは、大瀧道場には顔を出さず、道場からあまり離れていない江戸川の畔《ほとり》にある水茶屋の二階に陣取った。開け放った窓からは、道場こそ望めないものの、江戸川が神田川に突き当たるようにして合流する水路を見ることができた。

もし、敵が舟を使って、弥生を拉致しようとしたら、江戸川にしろ、神田川にしろ、どちらもよく見下ろすことができる絶好の位置になる。

為蔵をつけ回すのは、玉吉や手下の音吉たちに任せ、文史郎は茶屋で客を装い、酒を飲みながら、待つことにした。

玉吉と音吉は、水茶屋から出て行くと、道の左右に別れ、通りに姿を消した。

「選《よ》りに選って、弥生殿を狙うとはのう」

大門は酒をちびりちびり飲みながら、ぼやくようにいった。

「弥生殿に手紙か何かで事前に知らせなくても、大丈夫ですかのう」

左衛門も、心配を口に出す。

文史郎はいった。

「下手に弥生に知らせると、弥生は本気で抵抗をしなくなるだろう。そうなると敵はきっと怪しむ。弥生が囮だと勘付いたら、却《かえ》って弥生の命が危なくなろう。だから、弥生にとっても知らない方がいい。ぎりぎり土壇場《どたんば》まで、こちらの気配を相手に勘付かせないようにせねばならぬ」

「分かりました、そうしましょう」

大門もようやく納得したようだった。

左衛門が囁くようにいった。

「ところで、殿、今度も傀儡師が現れますかね」

「おそらく傀儡を使うだろう。しかし、弥生を拐かすのに、傀儡がどう使われるのか。それを見るのも楽しみだ」

「それはそうですが」「ええ、まあ」

大門も左衛門も気乗りしない返事だった。

弥平は、そんな文史郎たちから少し離れ、窓から外の様子を窺っている。

太陽が西に傾き、次第に夕暮れが近付いて来た。

道場帰りの門弟たちが、三々五々声高《こわだか》に話をしながら水茶屋の前を通って行く。

大瀧道場の高弟、高井《たかい》真彦《まさひこ》や藤原《ふじわら》鉄之介《てつのすけ》、北村《きたむら》左仲《さちゅう》たちの姿もある。

彼らを最後にやがて門弟たちの姿はぱったりと途絶えた。

「道場に残っておるのは、あとは師範代の武田《たけだ》広之進《ひろのしん》ぐらいかのう」

文史郎は左衛門にいった。

「はい。おそらく事務方の千鶴《ちづる》殿もおるとは思いますが」

「師範代が残っていると厄介だな」

「どうしてですか？」

「もし、人攫いの連中が、弥生を襲おうとしたら、武田広之進も死力を尽くして、応戦するであろう。敵も必死に武田を殺そうとするだろう。そうなったら、まずい」

「殿、そうなったら、それがしも斬り込みますぞ。師範代だけに弥生殿を守らせては、それがしたちの面目が立たない」

大門がやや酔った口調でいった。

文史郎は大門と左衛門に向いた。

「駄目だ、大門。それではぶち壊しになる。爺、暗くなる前に、道場を訪ね、武田を呼び出してくれ。おそらく為蔵たちが張り込んでいるから、彼らに悟られぬよう遠回りしてでも、武田をここへ連れて来てくれ。武田に折り入って相談がある、酒でも飲みながら話をしようとでもいって」

「武田はあまり飲みませんが」

「弥生にさえ悟られなければいい。武田には、それがしがここで待っているといえば、きっと来るだろう」

「もし、弥生殿が聞き付けて、武田といっしょに来たいと言い出したら、どうします？」

「爺、そこはなんとかうまくごまかしてくれ。ともかく、弥生から護衛を引き離さないと面倒なことになる」

「分かりました。急いで、武田を連れて来ることにしましょう」

左衛門は立ち上がり、そそくさと階段を降りて行った。

窓から外を覗いていた弥平が、小声で左衛門の動きを文史郎に伝えた。

文史郎も気になって、覗き見ると、左衛門がのんびりとした足取りで、江戸川に架かった橋を渡り、川沿いに歩いている。

ここからは手前にある稲荷社の木立に遮られて見えないが、川沿いの道を行けば大瀧道場の前に至る。

江戸川を跨いだ橋には、いましも、行商人らしい男が渡りかけていた。向かい側から供を連れた侍が歩いて来る。

「何か不審な動きはあるか？　どこかで為蔵たちが見張っているはずだが」

文史郎は小声で弥平に訊いた。

「先刻から、怪しい屋根舟二艘が、江戸川や神田川を行ったり来たりしています」

「おそらく、人攫い一味だ。いよいよ、やる気だ」

文史郎は弥平の肩越しに、そっと神田川と江戸川を覗いた。江戸川が神田川に突き当たるような水路の淀みに、一艘の屋根舟が漂っていた。

二人の船頭が船首と艫に立ち、長い竿を立てて、舟の動きを止めている。屋根舟の障子戸はわずかに開いており、舟の中から表の様子を窺っている人影が見える。

もう一艘の屋根舟が神田川をゆっくりと下って来て、停泊している屋根舟と並んだ。しばらく並行して漂っていたが、やがて、交替するかのように、これまで停泊していた屋根舟が神田川を下って行く。

「さっきから、あんなことを繰り返しているんでさあ」

「暗くなるまで、ああやって時間を潰しておるのだろう」

文史郎は、通りの方には、怪しい人影がないのを確かめてから、また席に戻った。

「殿、傀儡師一味は、どうやって弥生殿を拐かそうというのでしょうね」

「分からぬ。だが、おそらく、弥生を何か口実をつけて、家から外に呼び出す算段をするのではないか？」

「弥生殿を呼び出すのですか？」

「そうやって、弥生を生け捕りにして、舟に乗せる」

「川を使われたら、あとを尾《つ》けるのは容易ではないでしょう。どうするのです？」

「そこは玉吉たちが、うまくやってくれるだろう。我らは玉吉からの連絡を待てばよい」

「うまくいけばいいですが……」

大門はぐい飲みの酒をぐびっと飲み干した。

開け放った窓の外が、次第に薄暗くなってきた。

空には半分ほど雲がかかっている。その雲が沈む夕陽に映えて、茜色に染まっていた。

階段に足音がして、左衛門が戻って来た。

「ただいま戻りました。師範代をお連れしました」

左衛門の背後から、のっそりと武田の軀が現れた。

「殿、お知らせいただきありがとうございました」

武田は文史郎の前に正座し、文史郎と大門にお辞儀をした。

「大門様、ご苦労様にございます」

「おう、武田か、よう来た」

大門は横になって舟を漕いでいたが、すぐに目を覚まし、起き上がった。

「殿、武田殿には、おおよそのことは、お話ししました」

「そうか。それなら話は早い。弥生には悪いが、囮になってもらう。武田も、それがしが、よしというまで、絶対に飛び出さないでくれ。ぶちこわしになったら、弥生をはじめ、十一人の娘たちを助け出すことができなくなる」

「分かりました。殿の指揮に従います」

「うむ。ところで、道場にはもう門弟は残っておらぬだろうな」

「はい。奥様と、事務方の者、下女、下男以外は」

「それでよい」

文史郎は、あとは待つだけだ、と思った。

しばらくして、店の女中が行灯の火を点《つ》けに、二階へ上がって来た。

いつの間にか、陽が落ち、外はすっかり夕闇に覆われはじめていた。

文史郎は行灯の灯を入れるのを断った。行灯の明かりで、二階に潜んでいるのが為蔵たちに分かってしまってはまずいことになる。

小半刻が過ぎた。

文史郎たちは真っ暗な闇の中で、じりじりしながら待ち受けた。

ここは我慢のしどころだと文史郎は思った。

開け放った窓から、かすかに夜風が入り込んで来る。それとともに、蚊の羽音も入って来て、文史郎の顔や首筋、裸の腕に集《たか》る。

大門がぴしりと蚊を叩き潰す音がやけに大きく響いた。

「殿、通りに影がうろついています」

弥平が囁いた。文史郎は窓に寄り、弥平の指差す通りに目を凝らした。

外には星明かりもない。新月になったばかりで、月の光もない。

目を凝らすと、江戸川沿いの通りが神田川に架かる橋に差し掛る付近に、黒い影が六、七つ潜んでいるように見える。

「いますね。八人」

武田広之進が文史郎の肩越しに囁いた。

「それがしにはよく見えぬな」

左衛門が情けなさそうにいった。

大門が小声で訂正した。

「いや、川の向こう岸側に三人。こちら側の岸の橋の袂の陰に、およそ六人。手前の稲荷の社の鳥居のあたりに四人潜んでいる。合計十三人」

「大門、おぬし、すごい目利きだな」

文史郎は驚いた。いわれてみれば、確かに稲荷社の境内にも数人の人影が潜んでいるように見える。

「それがし、田舎出でござるからな」

大門は髯を撫でた。

「お、弥生殿が来る……」

文史郎は通りにぶら提灯が現れたのに気付いた。

提灯の紋は、葵に流れる川の紋。紛れもなく大瀧家の家紋だ。

下男の年寄りが提灯で弥生の足許を照らしている。

「弥生殿、どうぞ、お気を付けくだされ」

大門が文史郎の背で祈るように呟いた。

文史郎は息をつめた。

弥生と下男は通りを進み、黒い影が潜む橋を渡ろうとしていた。

弥生のことだ。潜んでいる影に気付かないはずはない。

案の定、弥生は橋を渡ろうとして、足を止めた。刀の柄《つか》に手をかけ、下男の年寄りを背後に下げた。

誰何《すいか》する声が凛《りん》と響いた。

橋の上に、小さな黒い人影が蹲っている。

弥生はぶら提灯を下男から受け取り、周囲に用心しながら、足許の小さな人影に提灯を近付けた。

その小さな人影がふわっと空中に浮かんだ。提灯の明かりに、白い顔が笑うのが見えた。

童子の傀儡だった。

「………」

一瞬、弥生は提灯を放り上げ、刀を抜き放った。宙に舞い上がった提灯は周囲をほのかに照らしながら橋の上に落ちていく。

その瞬間、落ちていく提灯といっしょに、黒い投網が拡がり、弥生の頭上に被せられるのが見えた。

橋の欄干から数人の人影が弥生に躍り掛かる。橋の前後からも人影が殺到した。たちまち弥生は影たちに刀を奪われ、網ごと担ぎ上げられた。

騒ぐ下男の年寄りは、数人の人影に囲まれ、当て身を食らわされたらしく、軀を折るようにして道端に蹲った。

「おのれ！」

大門が飛び出そうとした。

「大門、待て。我慢しろ」

左衛門が大門の軀を押さえ込んだ。武田広之進も軀を硬くしている。

「これからが大事だ。悟られるな」

文史郎は低い声で命じた。

目を凝らすと、弥生を担いだ人影たちは、いつの間にか橋の下に忍んでいた屋根舟に運び込んだ。

人影は二艘の屋根舟に分乗した。舟は提灯の明かりを消したまま、神田川に滑り出て下りはじめた。

「殿、そろそろ行きましょう」

左衛門がいった。

「よし、行動開始だ」

文史郎は大門と武田について来い、と顎をしゃくった。

階下への階段を駆け降りる。

「殿、どこへ行くのですか？」

「船着き場だ。玉吉が舟を用意している」

文史郎は階下の土間で草履を履き、表に駆け出した。

あの二艘の屋根舟を尾行すれば、人攫いの根城に辿り着く。

水茶屋の船着き場に駆け付けると、間もなく猪牙舟の黒い影が音も立てずに桟橋に横付けになった。

「二艘用意しました。分乗してください」

玉吉の声がした。

「屋根舟に追い付けるか?」

「大丈夫です。相手の屋根舟には、五、六人が乗っている。重いので、舟足は遅いはず」

「そうか」

「それに、すでに、音吉たちの猪牙舟が着かず離れずにあとをつけています」

文史郎は左衛門と弥平とともに、玉吉の猪牙舟に乗り込んだ。あとから現れた猪牙舟に、大門と武田が乗り込んだ。

文史郎たちが乗ると同時に、猪牙舟は神田川に滑り出た。

「少々急ぎましょう。あまり離されたくはない」

玉吉は艫に立ち、櫓を漕ぎはじめた。猪牙舟は滑らかに川面を滑り出した。

十

神田川は大川に出るまで、横に入る掘割はない。

玉吉は途中、昌平橋の手前で船着き場に舟を寄せた。そこには、ぶら提灯を手にした玉吉の手下が待っていた。

手下は玉吉にぶら提灯を手渡し、二艘の屋根舟がなおも下って行ったと告げた。

夜間、舟を運航する場合、必ず所属を示す提灯を掲げる規則になっている。提灯を掲げない舟は、不審船として、役人に捕まる危険がある。

玉吉の手下の話では、二艘の屋根舟も、いまでは用心し、提灯を掲げて航行しているということだった。

玉吉は受け取ったぶら提灯を、舳先にしゃがみ込んだ弥平に手渡した。

「すんません。これを舟が進む方向に掲げてください」

「へい。これでいいですかい」

弥平は舳先にぶら提灯を突き出すようにして掲げた。

「結構です。そのままでよろしく」

玉吉は櫓を漕ぎはじめた。あとについた大門たちの舟も、手下からぶら提灯を受け取り、舳先にそれを掲げている。

玉吉が漕ぐ猪牙舟は神田川を下り、やがて大川の流れに出た。両国橋の河岸にも、玉吉に合図する手下が待っていた。手下は提灯で二艘の屋根舟が江戸湾の方角に下ったと告げた。

「玉吉、あいつらは、どこへ行くつもりなのかな？」

「このまま行くと江戸湾でさあ。今夜は、風が強く吹いて海上は荒れ模様ですからね。あの屋根舟なんかで、海上にまで出ることはねえと思いますがね」

大川の流れはゆったりと流れている。玉吉は巧みに櫓を漕ぎ、真っ暗な川を下って行く。あとから、大門と武田の乗る舟が、ほとんど離れることもなく付いて来た。

やがて舟は永代橋に差し掛かった。

橋桁に捉《つか》まり、待っていた舟が一艘、玉吉の漕ぐ舟に近寄って来た。

船頭は玉吉の手下らしく、何ごとかを玉吉に報告している。玉吉は手下に指示をし、文史郎を振り向いた。

「敵の船は用心しているのか、ここで二艘は左右に分かれたそうです。一艘は左手に、もう一艘は右手に進んでいるそうです」

「まずいな。弥生は、どちらの船に乗せられているのか、分からない」

文史郎は思わぬ事態に焦りを覚えた。

「殿、大丈夫でやす。こんなこともあろうか、と思い、こちらは二艘ずつ、計四艘の猪牙舟を用意して、ぴったりと屋根舟を尾行させています。まず巻かれることはありません。弥生さんをどちらの屋根舟が運んでいるか、分かり次第に、知らせに戻って来ることになってますんで」

玉吉はゆっくりと櫓を漕ぎながらいった。

河口から出たのか、水面がうねり、猪牙舟は前後左右に大きく揺れはじめた。

文史郎は船縁にしっかりと捉まり、軀の平衡を取った。

あとからついてくる大門たちの舟の提灯も大きく揺れている。

先程永代橋の橋桁に留まり、相手の船が二手に分かれたことを教えてくれた猪牙舟は、文史郎たちの舟を追い抜き、かなりの速さで左手の闇の奥に遠ざかって行った。

「これは、あっしの勘ですがね。弥生さんを乗せた屋根舟は、左の方へ行ったと思うんですがね」

「左手というと？」

「左手には、江戸湊《みなと》がありましてね。たくさんの廻船が停泊しているんでさあ。おそらく、そうした千石船に、娘たちを監禁しているのではないか、と」

「千石船か」

文史郎はなるほどと思った。

船ならば娘たちを閉じこめていても周囲に分からないし、娘たちも余程泳ぎが上手でなければ、泳いで逃げることはできない。さらに、攫って来た娘たちを移動させるのに、危険な陸上ではなく、船を使う方がよほど安全だった。

「よし、玉吉、おぬしの勘を信じよう。行ってみてくれ。違っていたら、戻って右手に行った舟を追えばいい」

「了解でやす」

玉吉は暗がりの中でにやっと笑い、舳先を左手に向けて櫓を漕ぎはじめた。

一気に速度が増し、猪牙舟は水を切って滑るように走りはじめた。

「すぐに追い付きますんで」

玉吉のいう通り、やがて、前方の暗闇に提灯がいくつも波間に上下しているのが見えた。

闇の中に見える提灯の明かりが何かで遮られ、意味ありげに不規則に点滅していた。

漕ぐのをやめて、前方の闇を窺っていた玉吉が「よし」と呟いた。すぐに玉吉はまた櫓を勢い良く漕ぎはじめた。

文史郎は訊いた。

「どうした？」

「どうやら、こちらが本筋のようです。あっしたちに来てくれと、呼んでいます」

猪牙舟は一段と速度を上げた。

行く手に沖待ちしている千石船の黒々とした船影が何隻も、闇の中に浮かびはじめた。

船の所在を示す舷灯の炎が闇にちらついている。江戸湊の桟橋に横付けできない船は、嫌でも沖待ちし、自分たちの入港の順番を待たねばならない。

文史郎たちの舟が、先刻合図を出していた明かりの近くまで来ると、相手の舟がするすると移動し、文史郎たちの舟に合わせるように並んだ。

相手の猪牙舟には、漕ぎ手の船頭と、もう一人が乗り込んでいた。玉吉は低い声で舟に乗っている人影に訊いた。

「音吉、どの船だ？」

「頭《かしら》、この船の向こう側に停泊している船でやす。仙蔵《せんぞう》が近くで見張ってます」

音吉の声が応えた。

「様子は？」

「少し前に、娘さんが網で包まれたまま、この船の陰に停泊した菱垣廻船に引き揚げられました」

「音吉、でかした。殿、どうやら、この船の陰に停まっている千石船が、やつらの本拠のようです」

「そうか。近寄って、様子を見たいが」

「分かりやした。弥平さん、提灯の明かりを消してください」

「へい」

弥平はぶら提灯の灯を吹き消した。玉吉も艫に掲げた提灯の灯を消した。

音吉の舟の提灯の明かりがほんのりと海面を照らすだけになった。

玉吉は静かに櫓を漕いだ。舟は滑るように海面を移動した。

舟は手前の船の艫を回り込んだ。

その陰から甲板で篝火《かがりび》を焚いた菱垣廻船が見えた。船の上で、十数人の男たちの影がうごめいていた。

「仙蔵か？」

玉吉は闇の中に小声で訊いた。

闇の中に一艚の舟が身を潜めていた。玉吉は舟を相手の舟に寄せた。

「頭、あの千石船です」

低い声がいった。舟には、二人の人影が潜んでいた。

文史郎たちも舟の底に身を沈め、菱垣廻船を観察した。

「出航しようというのかね」

「夜は危ないので出航できません。出航は早くても、早朝まだ暗いうちになるでしょう」

千石船には、何艘もの伝馬船や屋根舟が横付けになっていた。船上の男たちは賑やかに笑いながら、船腹に横付けになった伝馬船や屋根舟に乗り移りはじめた。

玉吉は櫓を巧みに操り、篝火の明かりに照らされない位置に舟を移動させた。

やがて、大勢の男たちが乗り移った伝馬船や屋根舟が千石船を離れ、湊へ向かって行く。

「彼らは？」

「船宿へ行くのでしょう。出航前に陸に上がり、酒を飲んだり、女を抱いたりして楽しみ、明日からのきつい航海に備えようというのです。この様子だと出航は明朝早くですね」

「ということは、今夜乗り込むしかない」

「そうです。この様子だと、やつらは安心しきっています。おそらく船には最小限の人間しか残さず、みな陸に上がることでしょう」

玉吉が囁いた。

「殿、やりましょう。今夜しかありません」

左衛門がいった。

「うむ。今夜、見張りの連中が寝静まったころに決行する」

文史郎は千石船を睨んだ。この船の船倉に、おそらく弥生をはじめとする娘たちが監禁されているに違いない。

なんとしても、十一人の娘たちを救い出す。

そう思うと、文史郎は武者震いした。

第三章　火盗改《かとうあらため》登場

一

船の上の篝火は消えていた。わずかに舷灯が帆柱や船室の出入り口に点灯しているだけだった。

いったん、陸に戻った文史郎は、船を襲うにあたり、大門や玉吉たちと入念に打ち合せをした。

船を見張っていた音吉や仙蔵の話では、船に残っている見張りの数は、六人。船倉に監禁した娘たちを見張る監視役が最低二人はいるとして、計八人。

文史郎たちは、左衛門、大門、武田、それに玉吉と、その手下の音吉、仙蔵たち六人の総勢十一人。弥平は員数外にして、数だけでも十分に敵を上回っている。

舟は八艚準備してある。助け出した娘たち十一人を乗せるため、そのうちの一艚は伝馬船だ。

文史郎たちは、舟七艘に分乗し、千石船の両舷に迫った。

船上では、先刻まで話し声がしていたが、いまは見張りの水夫二人を残し、寝静まっている。

先に舟を舷側に寄せた玉吉と音吉は、身軽に艫によじ登り、船上に姿を消した。

やがて、玉吉の人影が船縁に現れ、文史郎たちに手招きした。

見張り二人は始末した様子だった。

文史郎は下ろされた縄梯子をよじ登り、船に上った。

続いて、大門たちが船に上って来ようとしていた。

「ほかの見張りの連中は、船の前の方に……」

玉吉が文史郎に囁いた。

足許に見張りの荒くれ者がだらしなく転がっていた。気を失っている。

突然、上方で鋭い奇声が暗闇に響いた。

文史郎は殺気を感じ、刀の鯉口を切った。

玉吉も飛び退き、脇差しを抜いた。

文史郎は上方を見上げた。

帆柱に黒い人影があった。

船縁に上がって来た左衛門が叫んだ。

「殿！」

帆柱にあった黒い影がふわりと宙に浮いた。

舷灯の仄かな明かりに、傀儡の童子が浮かび上がった。

傀儡は口をぱくぱくと開き、けたけたと笑う。

「殿、ご用心めされよ」

船の上に飛び上がった大門が怒鳴った。

文史郎は刀の柄を握り、宙に浮いた傀儡の動きを睨んだ。

どこに仕掛け綱があるのだ？

文史郎は傀儡を操る綱を闇の中に想像し、身構えた。

いきなり、童子の傀儡はくるくると軀を回転させながら、文史郎に襲いかかった。

いつの間にか、童子の傀儡の胴体に刀の刃が飛び出している。その刃が軀の回転により風車のように勢いよく回転して、文史郎を斬ろうとしていた。

文史郎は飛び退き、傀儡の軀の刃からかろうじて逃れた。

暗い船上で、見張りの荒くれ者たちと斬り合いが始まった。

文史郎は、宙を舞いながら襲いかかる傀儡を見据え、左へ右へ、前後へと体《たい》を躱した。

傀儡はけたけたと笑い、刃を回転させながら、頭上から文史郎を襲って来る。

文史郎は、どこかに潜んでいる傀儡師を目の端で追った。

どこに傀儡師が隠れているというのか？

傀儡は唸りをあげて回転し、玉吉を襲った。玉吉は甲板に転がって逃れた。だが、手下の仙蔵が傀儡の攻撃を躱しきれずに、あっと叫びながら転倒した。

傀儡の回転する刃が仙蔵の胴を斬り裂いていた。

文史郎はそのとき、傀儡を操る綱を感じた。はっきりと見えたのではない。宙を飛ぶ傀儡の軀を操る綱が、そこになければ宙を飛べないという箇所に気付いたのだ。

「そこだ！」

文史郎は飛び上がり、傀儡の上の空を抜き打ちで斬った。

手応えがあった。

突然、童子の傀儡が弾かれたように動いたかと思うと、宙を飛ぶ力を失い、ばったりと船上に落ちた。屋形の屋根に黒い影が見えた。

ついで文史郎は船上の屋形に駆け寄り、屋根の上に刀を振るった。

屋形の屋根の上に蹲った黒い影が飛び退き、甲板に下り立った。

黒覆面に黒装束で上から下まで身を固めた姿だった。殺気が全身から放たれている。

手に小太刀を構えている。構えから、かなりの遣い手と見えた。

「何者だ！」

文史郎は怒鳴った。

「殿、ご加勢いたす」

大門が櫂《かい》を手に、黒装束の影の背後に立った。

影は何も応えず、くるりと踵を返し、船縁に飛び上がった。

「おのれ、逃げるか！」

大門が叫び、櫂を振るった。

影はふっと闇に消えた。間もなく水音が下の方で響いた。

文史郎と大門が船縁に駆け寄った。舷灯の朧ろな光の下、水面に落ちた影が、抜き手を切りながら、泳いで行く。その姿も、やがて闇夜に見えなくなった。

船上の戦いは、終わりつつあった。

見張りの男たちは、あちらこちらに倒れて呻《うめ》いている。

「爺、武田、どこにおる？」

文史郎は周りを見回した。

傀儡は刃を胴から出したまま、足許に転がっていた。

「殿、娘御たちを、お助け申した」

左衛門の声が屋形の出入り口から響いた。

「殿、大丈夫ですか！」

弥生が左衛門を押し退けるようにして出て来た。弥生の手には、刀が握られていた。

「大丈夫だ。おぬしも怪我はないか？」

「ありませぬ」

「ほかの娘御たちは？」

「全員無事です」

弥生のあとから武田の声が響いた。屋形の出入り口から、娘たちがぞろぞろと現れた。

娘たちはみな、船上に出ると、へなへなと座り込んだ。

「助かった」

「…………」

感極まって泣き出す娘もいる。

「もう安心だぞ」

大門が娘たちを慰めている。

文史郎は刀を鞘に納め、大声で呼んだ。

「お康はおるか？」

娘たちから返事はなかった。

「お康、お康はいないのか」

左衛門も傍らで叫んだ。

「娘たちの数は？」

「十人です」

武田が叫んだ。文史郎は怒鳴るようにいった。

「もう一人、お康がいない。船倉を捜せ」

武田や玉吉が急いで船倉に駆け戻った。

「おぬしの名は？」

左衛門と大門が一人ひとり尋ねていた。

「琴です」「わたしはお志麻です」

「菊です」「松です」「公です」

娘たちは素直に名乗っていた。

「殿、やはりお康はおりません」

左衛門がいった。弥生が文史郎に訊いた。

「お康という娘も攫われたのですか？」

「うむ」

「それがしが、連れて来られたときにも、この九人しかおりませんでしたが」

「誰か、お康という娘を知らないか？」

文史郎は娘たちに尋ねた。

「私たちの中には、いませんが」

娘たちの中で、一番気丈なお公が答えた。

船倉から武田と玉吉が駆け戻った。

「おりませぬ。これで娘御たちは全員です」

玉吉がいった。文史郎は左衛門にいった。

「船にいない、というのは不思議だな。やつらはお康だけを、どこか別のところに隠したのだろうか？」

「殿、ここにいるのは危険です。間もなく夜が明けます。陸に上がった連中が戻って来ます」

玉吉がいった。文史郎はうなずいた。

「よし、引き揚げだ」

「娘御たちを伝馬船に乗せろ」

大門が叫んだ。武田と左衛門は、娘たちが船縁から縄梯子を伝い、伝馬船に乗り移るのを手伝いはじめた。

文史郎は転がった傀儡を拾い上げた。

刃を押すと傀儡の軀の中に納まった。文史郎は傀儡の紐を手繰《たぐ》り寄せた。

文史郎はひとわたり船上を見回し、船縁へ歩み寄った。

舟にいる玉吉に声をかけ、傀儡を放った。傀儡は宙を舞い、玉吉の手に納まった。

二

武蔵屋の離れは重苦しい空気に覆われていた。

「残念ながら、お康は船の中におらなかった」

文史郎は武蔵屋康兵衛に告げた。

「…………」

武蔵屋康兵衛はうなだれたまま何もいわなかった。

「どうして、またお康だけがおらなんだのでしょうか」

お内儀のお麻岐がその場にわっと泣き伏した。

文史郎はなんとも答えようがなく、腕組をして悲痛な声を聞くだけだった。

文史郎と並んで座った左衛門も大門も言葉がなく、天を仰いだり、目を閉じたりしている。

「お康は生きているのでしょうか」

武蔵屋康兵衛はぽつりと呟いた。

文史郎は康兵衛とお内儀を励ました。

「生きておる。死んだという証拠が出るまでは、絶対に生きている。死んだということがはっきりするまで、お康は絶対に生きている。親御さんが、そう信じないで、どうするのか」

「はい。……お康は生きている。そう信じるのですね」

康兵衛の顔が少し明るくなった。康兵衛は泣き伏すお麻岐に声をかけた。

「そうだ。お麻岐、おまえも泣いてばかりおらず、わたしといっしょにお康は絶対に生きて帰ると信じよう。信じる者は、必ず救われるというではないか」

「…………」

お麻岐の泣く声が停まった。

文史郎がいった。

「それがしたちも、お康は絶対に生きていると信じて、お康を捜しておる。誓って申そう。必ず、お康は生きて帰って来る。拙者たちは、その信念で、お康を捜しておるのだ」

「…………」

お麻岐は泣き止み、恐る恐る顔を上げた。

泣き腫らした目で文史郎を見た。

お麻岐の一種の狂気に満ちた目を見て、まずい、と文史郎は思った。

以前、奥方の萩《はぎ》の方《かた》が同じ目付きになったことがある。いや、奥だけではない。側室の如月《きさらぎ》も、側女《そばめ》の由美《ゆみ》も、そんな目付きをするときがあった。

何が引き金になったのかは分からないが、嫉妬に狂い、あらぬ妄想に駆られて、周りが見えない目だ。

思えば辰巳《たつみ》芸者の米助《よねすけ》も、大瀧道場の弥生も、似たような目付きになったことがある。いったん火が点いたら最後、女は何をいわれても耳に入らず、己れの感情を高ぶらせるだけ高ぶらせ、後先を考えずに突っ走る。

炎に飛び込み、身を焦がす蛾にも似ている。

恋や情熱に駆られると女は死をも怖れない。

そうなったら、男はただひたすら頭を下げ、嵐が頭上を通り過ぎるのを待つしかない。嵐が来たら、航海の旅などには出ず、風や雨を避けて、じっと港に身を潜め、嵐をやり過ごすのに似ている。

激しい嵐が通り過ぎると、何ごともなかったように、けろりと晴れ上がり、海は以前と同じような穏やかさと優しさを取り戻す。

ほんに女は海だ。女の軀には海の潮が流れている。そうとしか、思えない。

「殿、殿、いかがなされた」

左衛門が軀を突っ突いた。文史郎は物思いから我に返った。

「お、何かの？」

大門が呆れた顔でいった。

「殿は、突然、黙られた。返事もなさらず、何やら物思いに耽っておられたようでしたが」

「うむ」

目の前に、お辞儀をしたお麻岐の頭があった。

「どうかどうか、よろしう、お願いいたします。どうぞ、お康をお助けくださいませ」

「任せておけ。心配するな。大船に乗った気持ちでいるがいいぞ」

文史郎はお麻岐を宥めるためにいった。

「ありがとうございます。相談人様を御信頼いたします」

「うむ」

文史郎は左衛門と大門を見やった。

二人とも腕組をし、渋い顔をしていた。

文史郎は、己れが何かまずいことをいったのだろうか、と思った。

部屋の隅に、やはり心配顔のお良とお信が座っていた。

お良もお信もお康が元気に戻るとばかり期待していただろう。そう思うと、文史郎は済まない気持ちでいっぱいになっていた。

「殿、あのような安請け合いの約束をなさって、ほんとに大丈夫なのですか？」

左衛門は、武蔵屋康兵衛夫婦が引き揚げて行ったのを見てからいった。

「それがし、何か約束したか？」

「また殿はお惚《とぼ》けになって。爺は知りませんぞ」

「なんと申した？」

「いえ。殿は何もいいませんでしたが……」

「そうだろう？」

「お内儀が理不尽なことを」

「ほう？」

「ほんとに覚えておらぬのですか？」

「覚えておらぬ。聞き流した」

「まあま。殿は確かにぼーっとなさっておられたから」

「お内儀はなんと申したのだ？」

「お康が生きて戻らねば、お麻岐は首を吊って死にます、と」

「そうか」

「それだけではなく、剣客相談人たちにも責任を取ってもらいたい、サムライならば切腹して当然と」

「そんな無茶をいうておったか」

「康兵衛が慌てて、お内儀を諫《いさ》めておりましたが、殿は、まるで他人事《ひとごと》のように、よきに計らえとうなずいておられた。それで、お内儀も拍子抜けになり、文句をいうのをやめたようです。なのに、殿はお内儀に、任せろ、大船に乗ったつもりでいるようになど安請け合いを申された」

「ははは。そんなことをいったような気もするなあ」

文史郎は頭を掻いた。

「ま、殿のことだから、何か成算がおありなのでしょうよ。左衛門殿」

大門は醒めた口調で左衛門を慰めた。

文史郎も左衛門を励ました。

「爺、なんとかなるさ。これまでも、それでやってきたではないか。元気を出せ」

「殿のその楽観が、いろいろ災いを呼ぶので、爺は迷惑をしておるのです」

文史郎は苦笑いし、あらためて、二人にいった。

「ともあれ、弥生を含めて、十人の娘は無事救い出した。それを、まず吉としよう」

「まあ、それはそうですが。九人の娘の親たちは大喜びで、剣客相談人の我らに感謝感激の挨拶をしてくれるのですが……」

「おう、そうだろうそうだろう」

文史郎は満足気にうなずいた。

左衛門はいった。

「弥生殿は、ひどくおかんむりでした。師範代の武田広之進には知らせたのに、自分には何も知らせず、囮に使うとは何ごとか、と」

「そうだろうな。だが、ほかの娘たちを救うためには致仕方ないことだと、申したのだろうな」

「いいましたが、爺の言葉に耳を傾ける弥生殿だと思いますか？」

「そんなに怒っているか」

「殿に裏切られたと。……この恨み、晴らすまじ、と」

一難去ってまた一難か。

ほんとに女子は扱いにくいものだ。

文史郎は溜め息をついた。

「分かった。それがしが、直接、弥生に謝ろう。それでも許してくれなかったら、それはそれで仕方がなかろう」

「そうですな。殿の不始末は、ご自分で拭っていただかないと」

左衛門は冷たくいった。

文史郎は左衛門と大門を見回した。

「そんな瑣末のことは、どうでもいいとして、問題はお康だ。お康を攫ったのは、いったい誰なのだ?」

「為蔵とは別の連中の仕業なのか？　それとも、あの十人の娘とは別の場所に監禁されていたのか？　どうも分からない」

大門が頭を振った。文史郎はいった。

「そういえば、気になることがあった。ほかの娘たちに共通していたのは、拉致された時刻が、夕方、暗くなってからのことだ。なのに、お康の場合は、まだ明るい真っ昼間だった。しかも、芝居小屋から逃げ出して、大勢の中で姿を消している」

「確かに、そうですね。爺も、そのことは気になっていた」

「大勢の中で攫われたのに最後までいっしょだったお信やお良も、お康を連れ去った犯人に気付いていない」

大門は頭を振りながらいった。

「犯人は群衆に紛れて、分からなかったのでしょうな」

文史郎は訝った。

「それから、お康の場合、殺しの現場で笑う傀儡を目撃したが、ほかの娘たちのように、傀儡に襲われたわけではない」

文史郎は腕組をしていった。

「お康について、いま一度、仕切り直し、はじめに戻って捜索をしなければならん」

「そうですな。どうも、娘たちの神隠しに、お康も遭ったのでは、という先入観がよくなかったのかもしれません」

左衛門は唸った。大門が笑いながらいった。

「しかし、神隠しに遭った娘たちは、揃いも揃って美しい女子たちばかりだった。お康も、この界隈で評判の小町ではござらぬか。選ばれた美女十人の中に入っていたと思っても仕方なかったのではないですかな」

「うむ。女心としては、その十人に選ばれなかったら、また傷つくだろうしのう」

文史郎は溜め息をつきながらいった。

「ともかく、最初に戻ろう。最初に戻って、お康捜しをやり直そう」

三

行灯の明かりが部屋を仄かに照らしていた。

「みなさん、お待ちでございます」

階段に賑やかな女将の話す声と足音が響いた。

女将に案内された定廻り同心小島啓伍が刀を携えて姿を現した。

「どうも、お待たせいたしました」

小島啓伍は腰を低めて、文史郎たちが待つ客間に入って来た。

「忙しいところを済まぬな」

文史郎は小島を労った。

「おう、どうもどうも」

大門、左衛門は小島と会釈を交した。

「女将、酒を頼む。灘の下り酒をじゃんじゃん持って来てくれ」

大門がチロリを振りながらいった。

「はいはい。ただいま、お持ちします」

女将はにこやかに笑いながら、引き下がった。

左衛門が小声でいった。

「大門殿、ほどほどに、ほどほどですぞ」

「分かっております。左衛門殿、祝い酒もまだ半分だというのだろう？　肝心のお康を助け出すことができなかったから、まだ半分の祝いでしかない、と」

大門は髯を撫でながらいった。

小島は文史郎の向かい側の膳に座った。

「ま、一つ」

左衛門がチロリを小島のぐい飲みに傾けた。

「いやあ、かたじけない。では、遠慮なく」

小島はぐい飲みの酒を干し上げ、手で口許を拭った。

「これは旨い。灘の生一本ですな。すきっ腹に沁み入ります」

「駆け付けに、もう一杯」

「いえいえ。それがし、あまり酒に強い方ではありませんゆえ」

小島は干したぐい飲みを膳の上に伏せた。

「ところで、昨夜は、いや、今朝になりますか。相談人のみなさまは、ほんとうにご苦労さまでございました」
「うむ。どうだね。奉行所には、昨夜、手の者を行かせて知らせたはずだが、役人は
誰も来なかった」
文史郎が不満をいった。小島はうなずいた。
「はい、今朝、それがしも、そういう届けがあったのを知りました。何もお役に立て
ず、申し訳ありませんでした」
「うむ。止むを得ず我々だけで船に打ち込み、監禁されていた娘たちを無事助け出し
たが、どうして奉行所の役人は動かなかったのだ？」
「動かなかったのではなく、動けなかったのです。もっとも、それは建て前、それが
しがもし聞いていれば、すぐさま、なんとか口実を作って駆け付けたところでしたが、
昨夜の当番がまだ新米の同心で気が利かなかった」
「それにしても、どうして動けなかったというのか？」
「御存知のように、町奉行所は、いろいろ制約がありましてな。寺社地や武家地、農
地に立ち入れないように、江戸湊に出入りする船舶についても町奉行所の管轄ではな
いのです。陸にある廻船問屋の店には手は出せるが、海に浮かぶ船を取り締まるには、
江戸船手《えどふなて》にお願いするしかない。江戸船手の許可がないと、我々は手を出せないので

す」

文史郎はふと思い出した。

「そういえば、先日、江戸船手同心の太田なにがしかが、辻斬りに遭って殺されたのではなかったかな？」

「はい。太田具兵衛という江戸船手水主《かこ》が殺されています」

「水主？」

「江戸船手配下の同心は水主と呼ばれているのです」

「そうか。それで殺した下手人は捕まったのか？」

「前にも申しましたが、町奉行扱いではないので分かりません。しかし、捕まったという噂もありません。ですから、おそらく」

「捕まっておらぬか」

文史郎は頭を振った。左衛門が訊いた。

「太田具兵衛も、死に際に笑う傀儡を見たといっていたというのだろう？」

「はい。それがしたちの調べでは、そうでした」

「町奉行所のおぬしらに代わって、誰が取り調べておるのだ？」

「それでございます、問題なのは」

小島は口をへの字にした。

「火盗改なのです」

火盗改とは、火付盗賊改《ひつけとうぞくあらため》のことだ。

犯罪が、町奉行所の手が出せないような武家地や寺社地、天領（代官地）などにまたがる場合、その度ごとに管轄する役所に連絡を取り、捕り手を出してもらったり、立ち入りの許可を取らねばならない。

その間に賊は楽々逃亡してしまう。

そのため、幕府は犯罪取り締まりのためには、そうした管轄する役所の許可をいちいち取らずに、どこへでも踏み込むことができる権限を持った強力な警察機関が必要だと考えた。

そこで、幕府は武芸に秀でた精鋭が揃っている、先手弓組《さきてゆみぐみ》、先手鉄砲組の先手頭《さきてかしら》に加役として火付盗賊改に任じ、凶悪犯の取り締まりにあたらせた。

この度の一連の凶悪な殺しを捜査する上で、町奉行所ができないとすれば、火盗改が出て当然ではないか。

十人もの娘が攫われた事件でも、火盗改なら有無をいわせず、船に踏み込み、一味を捕縛し、娘たちを救い出したに違いない。

もし、自分が目付だったら、すぐに火盗改に捜査を命じたであろう、と文史郎は思った。

「火付盗賊改の、いったい何が問題なのだ？」

「火盗改は、ともかく乱暴に過ぎます。彼らは、我々町奉行所と違い、同心や配下の者が聞き付けた噂や流言を基に、疑わしいというだけで、ろくに裏も取らず、証拠や証言を吟味もせずに人を捕える」

「なるほど、それはいかんな」

「あまつさえ、火盗改は捕えた容疑者を犯人と決め付け、厳しい拷問にかけて自白させる。自白すればしめたもの。犯罪事案の真相などは明らかにせずともいい。火盗改は自分たちが作った筋書き通りに犯人を自白させる」

「うむ」

「厳しく拷問で迫られれば、誰でも火盗改のいう通りに自白するものです。自白さえ取れれば、しめたもの。あとは、見せしめに、その者を極刑に処して一件落着という次第なのです。そのため、どんなに多くの人が罪もないのに処刑されたことか。火盗改は、武力と権力の両方を持っているだけに、一度睨まれたら、誰も逆らえない。冤《えん》罪《ざい》作りの名人なのです」

小島は一気に喋り、ぐい飲みに酒を注ぎ飲み干した。

「手厳しいな。なぜ、そんなに火盗改を非難するのだ？」

「………」小島は黙った。

階段に足音がした。女将が酒や肴を運んで来た。

「お待ちどう様。お酒をたんとお持ちしましたよ」

「おうおう、待っていたぞ」

大門が大げさに女将を迎えた。

「あらあら、みなさま、深刻なお顔をして、まだお話は終わってないのですね」

文史郎は女将にいった。

「女将、済まぬが、もうしばらく、人払いしておきたい」

「では、いかがいたしましょう？　小島様、階下に忠助親分と子分の末松さんが御出でですが」

「ああ、拙者が呼ぶまで待つようにいってくれぬか。飯でも食わしておいてくれ」

「かしこまりました。では、下のお二人にもお食事をお出ししておきます」

女将は立ち上がりかけた。

文史郎が付け加えた。

「女将、それから、二人にお酒も出してやれ。払いは、それがしがする」

「殿、それは私が……」

「いいから、いいから。忠助親分たちに、頼みたいことがある」

左衛門が手で小島を制した。

「そうですぞ、小島殿。殿が、そういうのですから、ご心配なさらぬよう」

「そうでござるか。かたじけない。では、よろしうお願いします」

小島は礼をいった。

「では、お話が終わったら、呼んでください」

女将は袖を口許にあて、笑いながら、階下に戻って行った。

文史郎はあらためて小島に向いた。

「さっきの話の続きだが、何か、火盗改との間であったようだな」

「おおありです。火盗改は、自分たちの手柄を立てるため、我々が地道な調べで、ようやく犯人の目処《めど》をつけた殺しの事案を、あとから来て引っさらった。それも、あろうことか、我々の協力者だった証人を、真犯人だと決め付けて、水責め石責めで締め上げた。我々がいくら人違いだ、犯人は別にいる、と上申しても受け付けてくれず、最後は吟味の邪魔をするおまえも犯人一味か、という始末。ついには大事な生き証人だった女は白状しなかったために、責め殺されてしまったのです」

「それは非道《ひど》いな」大門が唸った。

「真犯人は、どうなった？」文史郎も訊いた。

「そいつは証人が死んでしまったので、のうのうと生き延び、また人を殺しました。今度も、現場は我々の手が届かぬ寺社地でしたが、我々は無視してそやつを捕え、獄門へ送ってやりました」

「腹を括《くく》ってやろうと思えば、奉行所もやれるではないか」

文史郎は左衛門や大門と笑い合った。

小島はチロリの酒を自分のぐい飲みに注いだ。

「その代わり、それがしの上の与力が責任を取らされ、切腹して果てました」

「…………」

文史郎は左衛門、大門と顔を見合わせて黙った。

「火盗改は、それでも知らぬ顔で、奉行所の我々への詫びの一言もない。彼らは確かに戦に備えて武芸達者な侍たちでしょうが、我々奉行所の与力同心のように、日ごろから江戸庶民の間を歩き回っているわけではないので、人生の機微にまるで通じていない。堅苦しい武家の世界のしきたりや考え方でしか、物事を見ないし、考えないのです。だから、犯罪についても、その裏に潜む真実には気付かない。気付いても、武家の倫理で、人を処断する」

「わしらにも、少々耳が痛い話ではあるな」

文史郎は頭を振った。

武家の我々も、那須川藩にいたころは、下々の生活や考え方など一顧だにしないでいた。

武家社会の水にどっぷりと頭の髷の先まで浸かっていた。何より、武家あっての世界で、武家以外の人など人にあらず、と思っていた。

「いえ。殿たちは違います。同じ武家ではあっても、その気位は捨てずに、江戸の庶民の裏店に住み、人の喜怒哀楽に触れて生きておられる。人の生き様の機微に通じておられる。だから、相談人がおできになる。同じ武家でも、そんじょそこらの侍とはまったく違う。それがし、そんな相談人の殿様たちを、いたく尊敬しております」

「いや、なに、そんな風にいわれると、照れるのう」文史郎は頭を掻いた。

「まったくですな」左衛門も満更でもなさそうだった。

大門はチロリを差し出し、小島に促した。

「まあ、飲め。小島も、若いのに、なかなかいいことを申すな。よろしいよろしい。

気に入ったぞ」

「ありがとうございます」

小島はぐい飲みに注がれた酒を旨そうに啜った。火盗改の悪口をいい、小島はいくぶん気持ちが楽になった様子だった。

「ところで、役所では、みなさんの話でもちきりでしたよ」

「おう、そうか」

「相談人のみなさんのお陰で、人攫いに遭った娘御十人が無事救出されたという報せに、上役たちは奉行所の面子《めんつ》を潰されたと、あまりいい顔をしませんでしたが、下役たちは、よくぞやってくれたと拍手喝采でした。さすが、相談人だ。よくぞやってくれたと喜んでいたところです」

「そうか。だが、実は、わしらはまだ喜べないのだ」

「分かっております。お康を助け出すことができなかったからでしょう？　それがし、相談人のみなさんが、お康を捜していると聞いてましたから、報告を受けて、さっそく娘たちの名前を調べた。そうしたら、お康の名前がなかったので、殿たちは、さぞがっかりなさっているのだろう、と察しました」

「そうなのだ。どうしたものかのう、と思い、おぬしに相談しようと、こうして呼び出したところだ」

「相談人のみなさんに、相談されるというのも変なものですな」

小島は笑った。

文史郎は小島に尋ねた。

「早速だが、奉行所には身許知らずの若い娘の遺体とかの届けはあるまいか？」

「これまでのところありません」

「よかった。それで、まずは一安心いたした」

文史郎は左衛門や大門と顔を見合わせ、うなずきあった。

文史郎が一番心配しているのは、万が一にも、お康が変わり果てた姿で見つかることだった。

「そこで、折り入って、おぬしに頼みたいのは、お康捜しを手伝ってほしいことだ。そのために、おぬしの配下の腕っこきの忠助親分を、貸してもらえぬだろうか？」

「殿、何を遠慮される。貸すも貸さないもありません。それがしたちも、ぜひ、お康捜しに全力をあげましょう。それが、人攫いに遭った娘十人を助け出してくださった殿たちへの、せめてものつぐないというものです」

「ありがたい。奉行所が動いてくれるとなると、百人力だ。いや千人力というべきだろう」

「しかし、殿たちは、拐かされた娘たちを救ったりして、よくやっておられるではないですか？　奉行所の我々にも、ようやれないことです」

「いや、正直いって、あれがせいぜいのところだ。さっきのおぬしの話ではないが、武家の世界なら、わしらはいくらでも分かるのだが、やはり町人の世界には疎《うと》い。わしらができたのは、あそこまでがせいぜいだ。我ら武家では、あれ以上、町人の間を探り回ることができない。だから、闇の闇の世界に入ったかもしれないお康を助け出すには、忠助親分たちの力が必要なのだ」

「分かりました。それがしの一存では決められませんが、忠助親分はきっと喜んでお手伝いするでしょう。実はそんなこともあろうか、と、今日は忠助親分たちを下に呼んでおいたのです」

「おう、そうだったか。小島も気が利くのう」

小島はにこにこと笑った。

「その代わりと申してはなんですが、それがしたちにも、ぜひ、剣客相談人のお力をお貸し願いたいのです」

「ほう。どういうことかな？　わしらでやれることなら、いくらでも力を貸すが」

小島は嬉しそうにうなずいた。

「傀儡に殺されたという一連の殺しを、それがしたちに代わって、相談人のみなさんに調べていただきたいのです」

「なんと。しかし、その調べは、火盗改が行なっているのではないのか？」

「はい。だから心配なのです。殺された被害者の一人、佐久蔵は菱垣廻船問屋浪速屋の大番頭です。当然に、町奉行所が調べに入ったのですが、火盗改が例によって、横槍を入れて来ています。取り調べは火盗改がやるから、引っ込んでいろと」

「奉行所は、今度は引っ込まないというのだな？」

「はい。こちらにも、長年培った犯罪調べの経験があります。いくら火盗改とはいえ、いや火盗改のような無茶な取り調べを許すべきではない。そのため、それがしたちの気持ちを知った御奉行様が、支配の若年寄様に訴え出て、火盗改の横槍を押さえてくれました。火盗改を支配なさる目付様も、原則として火盗改の調べは武家の犯罪に限ると釘を刺してくれました」

「ほほう」

「ただし、佐久蔵殺しの一件については、奉行所に任せるが、調べて分かったことは、逐一、火盗改に上げよという条件でした。さらに、犯人の捕縛にあたっては、火盗改に知らせ、火盗改の先手頭の指揮に従えと。奉行所だけで動くのは罷《まか》りならぬとのお達しなのです」

「なるほど。奉行所のおぬしらは、その火盗改の鼻をあかし、一矢報いようという魂胆なのだな?」

「本音をいえば、そうなります」

「だが、なぜ、奉行所にできぬことが、わしら相談人にできるというのだ? わしらは、なんの職権も持っていないし、人を取り調べる権限もないのだぞ」

大門も苦々しくいった。

「なんの権限もないそれがしたちが、殺しの事件を調べはじめたら、火盗改はすぐに殿やそれがしたちを捕え、拷問にかけて、あらぬことを白状させ、獄門送りにするのではないか?」

小島は笑いながら、頭を左右に振った。

「火盗改が取り締まることができる武家は、旗本御家人、そして、浪人者です。だが、火盗改が幕府直轄の者ではなく、他藩の藩士を取り締まるとなると、事情が違って来ます。それ相応の罪状を揃えて、大目付に上げ、上を通して当該藩主に突き付け、了解を得なければなりません。まして一国一城の藩主だった若月丹波守清胤様改め大館文史郎様に、火盗改が、そうと知りながら簡単には手を出すことはできないと思います」

「なるほど、考えたな。しかし、火盗改は、そのような遠慮はしないのと違うか？那須川藩は高々一万八千石の小藩にすぎない。それに、それがしは、隠居の身。相談人も藩には内緒でやっているような道楽だ。とても、火盗改が遠慮するとは思えないな」

「拙者も同感」大門が弱々しく笑った。

「何を申されます。火盗改の先手頭は、いくら権限があるといえ、家禄は高々千五百石ですぞ。加禄があっても、せいぜいが二千石。一万八千石の若月丹波守清胤様とは、格が違う」

「そうそう。それだ。山椒は小粒でも、ピリリと辛うござるの譬《たと》えもある」

大門の顔が少し明るくなった。

小島は続けた。

「それに殿の背後には、大目付の松平義睦様がおられるではないですか」

「おう、殿、そうでござった。殿は、もともと信州松平家の血筋、いってみれば、徳川家の親戚筋ではありませぬか。火盗改ごとき軽輩では、殿に手を出せませせぬぞ」

大門はいつもの元気さを取り戻した。

文史郎は腕組をして目を瞑った。

「大門は現金な男よのう。そう世の中うまくはいかんぞ。それがしは、たとえ、どこかで徳川宗家と血が繋がっているかもしれぬが、赤の他人に近い遠縁だ。そんな者は掃いて捨てるほどいる。それがしはただのひ弱な隠居にすぎん。相手の火盗改は、たとえ、それがしの兄者が大目付であろうと、そんなことで、手をこまねくような玉でもあるまい」

「殿、では、どうしますか？」

左衛門が文史郎に訊いた。

文史郎はおもむろに口を開いた。

「だが、弱いわしら相談人ではあるが、町方と違って、寺社地だろうが武家地だろうが、天領だろうが、いちいち許可なしでも調べをすることができる。奉行所のおぬしたちは、それをやってほしい、というのだな」

「その通りです。それがしたちも、はじめ手懸けた小笠原新佐衛門の件にせよ、坂崎慎蔵が殺された件についても、その後の一連の殺しについても、ただ被害者が武家だったというだけで、火盗改にすべて取り上げられてしまうのは、納得がいかないのです。火盗改は取り上げたはいいものの、素人の悲しさ、右往左往して、すぐには犯人に辿り着かないでしょう。我らは違います。自信があります。我ら奉行所は表には立ちませんが、裏から相談人様たちを支え、調べをお助けします。ぜひとも、相談人様たちは、火盗改の向こうを張って、堂々とお調べ願いたいのです」

「ははは。それがしたちに、奉行所のおぬしたちの操り人形《かいらい》になれ、と申すのだな」

「いえ、そのような意味では……」

小島は頭を掻いた。

文史郎は愉快そうに笑った。

「おもしろい。なぞの傀儡師に対し、奉行所の傀儡である相談人が立ち向かう。爺、大門、おもしろいではないか」

「殿、また、そのような安請け合いをして、いいのですか？」

左衛門は渋い顔をした。大門はぐい飲みを空け、にやっと笑った。

「殿は、どうせ、止めてもやるのでしょう？　ならば、それがしもいっしょにやります。なんといっても相談人の頭《かしら》は、殿ですからな。頭をないがしろにするわけにはいきませんものな。ま、なんとかなるのでは、左衛門殿」

「大門殿まで、そんな無責任なことを言い出して、困ったお人だ」

左衛門はあまり気乗りしない様子だった。

文史郎は無視して、小島にいった。

「ところで、それがしたちが心配しているのは、お康の行方だ。おぬしたち、お康の方の捜索に全力をあげてくれるのだろうな」

「はい。もちろんです。さっそくですが、下にいる忠助親分たちを呼びましょう。忠助親分たちは聞き込みの達人。お康捜しに専念させますので、その旨、殿からいってください」

「分かった。そうしよう」

小島は手を大きく叩いて、女将を呼んだ。

階下から「はーい」という女将の返事が聞こえた。

「忠助親分たちに、二階へ上がるようにいってくれ」

「はーい。ただいま」

また返事があった。やがて、階段が軋み、女将に案内されて、二人が上がって来た。

忠助親分と末松は腰を低めて、座敷の前に座った。二人は文史郎たちに頭を下げて挨拶した。

「あっしらを御呼びで？」

「うむ。いま、小島殿と話をしておった。まあ、近こう寄れ」

文史郎は女将に、酒と肴の膳を持って来るようにいった。

女将は愛想よく「ただいまお持ちします」といって階段を下りていった。

左衛門が恐縮している忠助親分と末松にぐい飲みを渡し、チロリの酒を注いだ。文史郎はその様子を見ながらいった。

「忠助親分、末松、おぬしたちに、お康捜しを手伝ってほしいのだ。巷の町人たちへの聞き込みは、それがしたち武家には無理だ。わしらが尋ねると、みな萎縮してしまい、答えようともしない。郷に入っては、郷に従え。ここはおぬしたちの方が一枚も二枚も上だろう。よろしく頼む」

文史郎は二人ににこやかに笑いながら、左衛門に目くばせした。

左衛門は忠助親分たちの前に進み出た、懐から、金子《きんす》の包み紙を取り出し、忠助親分の前に置いた。

「何かと入り用になるだろう。ここに五両ある。これで、なんとしてもお康の行方を調べ上げてくれ」

「へい。しかし……」

忠助親分は小島の顔を見た。小島はうなずいた。

「殿のご厚意だ。遠慮なく受け取っておけ」

「へい。では、ありがたく頂戴いたします」

忠助親分は紙包みを懐に捻じ込んだ。

階段に足音が響き、女将と女中がチロリを載せた膳を運んで来た。

「よし。今晩は、前祝いの酒宴としよう」

文史郎はぐい飲みを干し上げた。大門が笑いながらいった。

「いいですな。賛成。女将、手のすいている御女中をみな呼んでくれ。みんなに給仕してくれ。今夜はぱあっと行こう、ぱあっと」

「大門殿、困りますなあ……」

左衛門が呆れた顔で大門に苦言を呈した。

小島の依頼を引き受けたものの、いったい、どこから調べを手懸けたものか、と文史郎は思案するのだった。

四

翌朝早く、文史郎たちは、武蔵屋の離れを出て、いったん安兵衛店《やすべえだな》の長屋に戻った。

たった数日、居なかっただけなのに、久しぶりに古巣に戻り、落ち着いた気持ちになった。

どうやら、女中たちにかしずかれ、何もかもやってもらう生活に馴染《なじ》まなくなっている自分に、文史郎は気付いていた。

人にやってもらうよりも、拙《まず》くてもいい、何ごとも自分で始末する。それが、どんなにささやかなことでも、文史郎は幸せに感じていた。

左衛門は面倒がっていたが、七輪に炭火を熾《おこ》し、鉄瓶をかけて、湯を沸かす。

一方で竈《かまど》に薪を入れ、火を点けて燃え盛らせる。雑穀混じりの米を釜に入れ、井戸端で長屋のおかみたちと噂話に興じながら、井戸水でお米をとぐ。その釜を竈にかけて、火の加減を見ながら、書を紐解く。

そうしたありふれた毎日が、新鮮に思えるのは、なぜなのだろう、と文史郎はいまさらながらに考えるのだった。

飯が炊ける間、左衛門は口入れ屋の権兵衛のところへ出掛けた。

大門は軀馴らしと称して、そそくさと大瀧道場へ出掛けた。おそらく弥生のご機嫌でも取りに行ったのだろう。大門はそういう男だ。

飯が炊きあがり、蒸す間、文史郎は木刀を手に、井戸端の空き地で、木刀の素振りを行ない、鈍りそうな軀を動かした。すぐさま、全身に汗をかき、冷たい井戸水を頭からかぶって、火照《ほて》った軀を冷ます。

「殿、御呼びで？」

いつの間にか、細小路に玉吉が姿を見せていた。昨夜のうちに、左衛門に指図《さしず》して、玉吉を呼ぶようにいっておいたのを思い出した。

「ああ、また、頼みがある」

「へい。今度はなんでしょうか？」

玉吉は、いつもの不敵な笑みを頰に浮かべていた。

「朝飯は食したか？」

「いえ、朝飯前でやす」

玉吉は笑った。

「では、食べながら話そう」

「へい」

玉吉は文史郎に返事をしながら、懐から何やら取り出した。

「殿、こんなものが出てますが、ご覧になられましたか？」

玉吉が取り出したのは、瓦版だった。

文史郎は手拭いで、裸の上半身の水滴を拭きながら、玉吉が拡げた瓦版に目をやった。

そこには船上で、入道のような荒くれ者や派手な出で立《い》ち《た》のからくり人形を相手に、大立ち回りをする侍たちの絵が描かれてあった。

「ははは」

文史郎は、その中の一人、鍾馗様のような黒髯を生やした鬼のような大男を見付けて笑った。

「鍾馗とあるが、これは大門だな」

大文字が躍っている。

『剣客相談人船上にて妖怪童子傀儡相手に大血戦』

『人攫い一味の船から、囚われの身だった美しき娘たち十人救出さる』

本文では歌舞伎『三人吉三《さんにんきち》廓初買《さくるわのはつかい》』をもじったのか『三人剣客傀儡退治』とあり、剣客相談人「鍾馗」「小鬼」「殿様」の三人が大立ち回りする様子を、針小棒大、嘘八百の講談に仕立てて物語ってあった。

さらに、予告のように、剣客相談人は、ついに人攫いたちの秘密の巣窟を発見、近日、その巣窟へ討ち入りを敢行し、天に代わって悪人どもを成敗す。乞う御期待。

……とあった。

『人攫いども、首を洗って待っておれ』

鍾馗が吠えた、ともある。

相手を挑発する文句がずらずらと並んでいた。

「それにしても、弥平のやつ、えらく派手にやってくれたのう」

「殿、まだ続きがあります」

玉吉は二枚目の瓦版を文史郎に見せた。

今度の瓦版は、前と打って変わって、色気たっぷりの浮世絵が描かれていた。

太い筆致の文字でいわく。

『剣客相談人が救い出しし、江戸小町美人図一覧本邦初公開』

『阿々《ああ》花の御江戸に百花繚乱、十人美娘艶姿《あですがた》の揃い踏み』

艶やかな振り袖姿の娘たち十人の美人画が並んでいた。いずれも、お琴、お志麻、お菊など、拐かされた十人の娘たちだ。

娘たちは、それぞれ歌舞伎役者まがいに、科《しな》を作り、さまざまに見えを切ったり、扇の舞い姿をしたり、見返り美人風に振り向いたりして、まるで美しさを競うかのように陶然とした笑みを浮かべて居並んでいた。

とりわけ、目立っているのが真ん中に立つ凛々しい若衆姿の娘だった。

小太刀を上に振りかざし、ちらりと白い二の腕が露《あらわ》に見える。着物の裾が乱れて赤い襦袢が覗き、白い腿が露になっている。娘の顔は弥生そっくり。画の隅に平仮名で、小さくやよいとあった。

「こりゃ弥生が見たら、怒るだろうな」

文史郎は溜め息をついた。

「どちらも飛ぶように売れてましてね。これらを手に入れるのに、ひと苦労でした」

玉吉はにやにや笑った。

「ここまでやるかのう」

弥平も調子に乗って、と文史郎は心の中で毒づいた。

十人娘の人攫いの話を世間に知らせ、警告をするように、と弥平にはいったが、ここまでやるとは思わなんだ。

文史郎と玉吉が長屋に戻ると、間もなく左衛門が息急《せ》き切って戻って来た。

「殿、ご覧ください。弥平のやつ、こんなことをしでかして」

左衛門も同じ瓦版を差し出した。

「見た。玉吉が買って来てくれた」

文史郎は畳の上に拡げた二枚の瓦版に顎をしゃくった。

「大門を鍾馗などと称して、こんなに大きく扱っているというのに、拙者を小鬼などと書きおった。けしからん。殿はいいですぞ。殿様そのままですからな。今度弥平に会ったら、一言いってやらねば気が済まん」

左衛門はぷんぷん怒っている。

「それになんですか。わしらが人攫い一味の巣窟を見付けたですと？　近々討ち入るから首を洗って待っておれですと？　大門は何を勝手に吠えているんですかね」

「爺、怒るな。それは、それがしが、弥平にけしかけて書かせたことだ」

「なんですって」左衛門は驚いた。

「そう挑発すれば、人攫い一味は、怒ってわしらを襲って来るだろう。それが狙いだ」

「なんと。では、人攫い一味の巣窟を発見したというのは……」

「嘘だ。発見しておらぬ。だが、こう書かれたのを敵が読めば、おちおちしておれんだろう。逃げ出すに決まっている。敵が動けば、所在が分かる」

「なるほど。ただし、人攫い一味がこの瓦版を読んだらの話ですな」

玉吉がにやにやしながら、いった。

「左衛門様、巷では、この瓦版が大評判になっております。あまり売れるので、読売りたちは増し刷りをするから待ってくれといっていましたね。人攫い一味も、自分たちのことが書かれているから、必ず読むと思います」

「そうかそうか。売れておるか」

左衛門は美人画に見入り、にやついている。

「爺、おぬしも、まだ若いのう」

「いえ、なに。殿もお人が悪い。殿だって」

左衛門は慌てて美人画を畳んで懐に仕舞い込んだ。

「爺、飯が炊き上がっている。飯にしよう」

「おう、そうですな」

左衛門は台所に立った。玉吉も立った。

「あっしも手伝います。殿は座っていてください。狭いですから」

玉吉は箱膳を居間に運んで来た。

開け放った戸口から、隣のお福《ふく》が顔を出した。土間にずかずかと入りながらいった。

「お殿様、ご飯だってね。おかず持って来たよ。お新香だけど食べるだろ?」

「ああ、お福さん、いつも、かたじけない」

文史郎は立ち上がり、お福からお新香の皿を受け取った。浅漬けの茄子《なす》と胡瓜《きゅうり》だった。梅干しも三個付いている。

お福は気が利く、と文史郎は感心した。それだけ、隣にはなんでも筒抜けということでもあるが。

「爺さま、あら大食らいの大門さんがいないねえ」

お福は玉吉を見付け、ちょこっと頭を下げた。玉吉も会釈を返した。

左衛門が台所から訊いた。

「あ、お福さん、わしらが留守の間、誰か訪ねて来たかね？」

「ああ、来た来た。荷物を背負った行商人みたいな格好の男が来てね。部屋ん中をじろじろ見回していたから、どなた、と訊いたら、ちょっとご挨拶に来たと。でも、名前も名乗らずに、また来ますって、急いで帰って行った」

「ほう。そうか」

「いまから思うと怪しいやつだよ。いい顔の男だったけど。物腰がやたら優しい。あいうやつに女たらしが多いんだ。ま、あたしは、亭主がいるから関係ないけどね」

お福は大口を開いて笑い、引き揚げて行った。右隣の部屋から、子供の泣き声とお福があやす声が聞こえて来た。

「殿さん、味噌汁、飲むだろ。少し余分に作っておいたものだけど」

今度は左隣のお米《よね》が鍋を運んで来た。

「おう、ありがたい」

文史郎は腰を上げかけた。左衛門が出て、お米から鍋を受け取った。

「いつも済まないね、お米さん」

「熱いから気をつけてね」

お米はにかっとお歯黒の歯を見せて笑った。

「留守中に……」

お米は左衛門の問いを遮っていった。

「お福さんがいっていた若い男ね。さっきも、通りをうろちょろしていたよ」

玉吉がさっと立ち上がった。

「ちょっと見てめえります」

玉吉は身を翻し、外に走り出て行った。

「すばしっこい人だね。鳶《とび》かなんか、やっている人かい？」

お米は目をぱちくりさせ、玉吉を見送った。

「ほかに何か気付いたことは？」

「ないない。でも、気を付けとくよ。殿さん、またなんかやっているんですね。応援してますよ。しっかりやんなすって」

お米は手を振りながら帰って行った。

「やつらの見張りですかね」

左衛門が鍋の味噌汁を杓で椀に配りながらいった。

「昨日の今日だ。やつらではないと思う」

「では、いったい誰ですかね」

「そのうち正体が分かるだろう」

文史郎は箱膳の前に座り直した。

左衛門はお櫃の蓋を開け、炊きあがったばかりのご飯を三つの茶椀に杓文字《しゃもじ》で山盛りに盛った。

雑穀が混じったご飯ではあるが、ほかほかの炊き立ては美味だった。歯応えもあって、文史郎は好きなご飯だ。

「先にいただいておりましょう」

「うむ。では、いただきます」

文史郎は両手を合わせ、ご飯の神様に祈りを捧げた。

文史郎と左衛門が箸を動かしはじめたとき、足音も立てずに、ふいっと玉吉が戻って来た。

「ご苦労さん。お先にいただいておったぞ」

「へい。どうぞ」

玉吉は土間に草履を脱ぎ、自分の箱膳の前に進み出た。

「……足の速い野郎でした」

「まだいたか」

「へい。あっしに気付いたら、飛ぶように逃げて行きやした」

「何者だ？」

玉吉は小声で答えた。

「あの身のこなしは、忍びかと」

「お庭番か」

「……まちげえねえでしょう」

文史郎は箸を止め、左衛門と顔を見合わせた。

誰の命《めい》を受けたお庭番が探りを入れているというのか？　探られるようなことはしていない。ただ、人攫いから娘たちを救い出しただけだ。

文史郎は考えあぐねた。

玉吉が飯を食べながら、遠慮がちに訊いた。

「ところで、殿、あっしにお話があるとのことでやしたが」

「うむ。おぬしに為蔵を探し出してもらいたい。為蔵は人攫い一味の手先だったな」

「へい。その通りで。一味の仲間ではねえ、と思いやす。やつは金さえ貰えば、誰でもいい」

「やつを捕まえて金で寝返らせてくれ。金は武蔵屋から出させる。いくらでもいい」

「金で寝返らなかったら」

「仕方ない。何もせず逃がしてやれ」

「いいんですかい？　敵に通報しやすよ」

「いい。無駄な血は流さずともよい」

「分かりやした」

細小路にどかどかと大きな下駄の音が響いた。

文史郎は箸を止め、戸口に目をやった。

「殿、殿、た、たいへんだ」

血相を変えた大門が飛び込んで来た。大門の手には、瓦版が握られていた。

ている。

「御免」

大門のあとに、凛々しい若侍姿の弥生が戸口から入って来た。弥生は厳しい顔をしている。

文史郎は溜め息をついた。これから一悶着あるぞ、と覚悟した。

五

両国広小路は、いつものように大勢の物見遊山の客や買物客で賑わっていた。

読売りたちが、ここを先途とばかりに声を張り上げ、講談師のように勇ましく口上を述べ立てながら瓦版を売っている。

確かに売れている。読売りたちの周りを取り囲んだ野次馬たちが手を差し延べ、先を争って瓦版を買っている。

みんなの関心は、二枚目の江戸小町美人図一覧にあるらしく、それぞれ、好みの画を指差し、お菊がいいの、お公がいいの、やはり弥生がいいの、と口々に言い合っている。

なかには、瓦版を一部だけでなく、二部、三部と買い込む男もいて、読売りたちが傍らに積み上げた瓦版の山は、たちまち減っていき、いつしか無くなってしまった。

「ほんと、飛ぶように売れてますなあ。恐ろしいようだ」

左衛門が文史郎の肘を突っ突いた。

弥生が嘆き怒るのも無理はない、と文史郎は溜め息をついた。

弥生のいる大瀧道場には、瓦版を手にした大勢の野次馬が押し寄せ、玄関といい、武者窓といい、裏木戸、台所、厠にいたるまで、張り込んで、一目《ひとめ》本物の弥生を見ようと騒いでいるというのだ。

大門が野次馬からせしめた瓦版を見て、すぐに納得したという。野次馬たちは、大半が男の若者だが、若い娘たちも大勢いて、弥生が木刀を一振りする度に、わーとかきゃーとか歓声を上げる。中には、感激して泣き出したり、失神する娘もいる、という。

今朝だけで、弥生見たさに入門を希望する男や女が何百人も押しかけ、それを断るだけで、門弟たちは大わらわ。稽古もできない騒ぎになっている、ということだった。

そこで、弥生は道場を師範代の武田広之進や高弟たちに任せ、大門の手引きでなんとか道場を脱出し、追い掛けて来る野次馬たちを撒《ま》き、大きく遠回りして、文史郎たちの安兵衛店に逃げ込んだのだった。

「いったい、この騒ぎ、どうしてくれます？」

弥生はまなじりを決して文史郎に迫ったが、文史郎としても、いまさら、どうしようもない。瓦版を回収しようにも、こう出回ってしまっていては、如何《いかん》ともしがたく、左衛門と、ただひたすら弥生に頭を下げるだけであった。

「これでは、道場にも戻れません」

それはそうだ。かといって、このまま安兵衛店にいては、いつか野次馬に見つかり、今度は裏店が大騒ぎに巻き込まれかねない。

そこで文史郎は、良案を一つ思いついた。

武蔵屋の離れが空いている。しばらく、ほとぼりが冷めるまで、離れで暮らしてもらおう。

武蔵屋康兵衛に事情を話し、かつ相談人の仲間だといえば、きっと喜んで匿ってくれるに違いない。

大門も大賛成し、ただ一人納得のいかない顔の弥生を男に変装させ、駕籠を呼んで、武蔵屋へと連れて行った。

あとは大門のことだ。適当にやってくれるだろう、と文史郎は思った。

瓦版が飛ぶように売れる様を目《ま》のあたりにして、文史郎は複雑な気持ちに襲われた。

そもそも、自分が悪いのだ、と文史郎は臍《ほぞ》を噛んだ。いまさら反省しても始まらないのだが、弥平に対して、娘たちを助け出したら、瓦版に何を書いてもいい、じゃんじゃん書いていい、といってしまったのがいけなかった。

おそらく、ほかの娘たちも、それぞれの町で、弥生と同じ目に遭っているに違いない。

しかし、左衛門は別の考えを持っていた。

「殿、中には弥生殿と違って、人気者になるのが嬉しいと思う娘もいるだろうから、娘心は分かりませんぞ」

「そうかのう。そうならいいが」

そこで、左衛門の勧めもあって、広小路に来る前に、酒問屋の娘お琴、油屋の娘お志麻の様子を見に行った。

やはり、いずれの店も押すな押すなの大繁盛だった。だが、お琴もお志麻も店に出て、嬉しそうに客の応対をしているのを見て、とりあえず文史郎はほっとした。

「お琴もお志麻も商売繁盛になるので、人気になるのは喜んでいるようだが、心配なのは、素浪人の娘お公や、簪職人駒次郎の娘お里だな。いい縁談にも結びつけばいいが」

「殿、我らがいくら心配しても始まりませんぞ。あとは、いい方向に行くのを祈るしかありません」

「それはそうだ。そう祈ろう」

文史郎も腹を据えた。あらためて、瓦版の持つ伝播力の恐ろしさをまじまじと感じたのだった。

からくり人形芝居小屋の前では、呼び込みの河童が声を嗄《か》らして通行人を誘っていた。

「間もなく、人形芝居が始まるよう。いまだったら、まだいい席があるよう。さあ、いらはいいらはい。そこの旦那……」

坊主頭の河童は仁太だった。仁太は文史郎と左衛門に声をかけ、ちょこんと頭を下げた。

「おう、仁太」

「あ、剣客相談人様では」

「座長はおるか？」

「楽屋にいます」

文史郎はうなずき、裏木戸へ回った。

裏木戸の近くの空き地では、若い座員たちが、年寄りの座員に指導され、からくり人形を動かす練習をしていた。

裏木戸の筵を潜り、楽屋へ足を入れた。

まだ舞台は始まっておらず、楽屋では大勢の座員たちが屯《たむろ》し、莨《たばこ》を燻《くゆ》らせたり、談笑していた。

左衛門が楽屋の暖簾を上げ、中を覗いた。

「御免。座長は？」

「どちらさまで」

女座員の一人がいいかけ、あっと口へ手をあてた。

「剣客相談人様では？」

「まあそうだ。座長の渡嘉敷殿にお会いしたい」

座員たちは一斉に文史郎と左衛門を見た。

「あの瓦版に出ている？」

「まあ、そうだ」

左衛門は満更でもない顔で、うなずいた。

「あれ、ほんとうだったんで？」

「だいぶ誇張されておるが、ほんとうのことも書いてある」

左衛門は面映《おもは》ゆい顔でいった。

「座長！」

女座員は通路に出て、大声で呼んだ。

通路の先から返事があった。

「お客さんですよ。剣客相談人様です」

「入ってもらって」

通路の先に渡嘉敷が現れ、頭を下げた。

「どうぞどうぞ。こちらへ」

文史郎は左衛門を従え、通路を進んだ。通路の奥は、縄筵で仕切られた座長の部屋になっていた。床には筵が敷き詰められている。

「どうぞ。お上がりください」

「では、御免」

文史郎と左衛門は草履を脱いで筵に上がった。

渡嘉敷は文史郎と左衛門に座布団を差し出した。

「少々尋ねたいことがあってな」

「間もなく芝居が始まりますんで、あまり時間がないんですが。なんでしょう?」

渡嘉敷はあまりいい顔をしていなかった。

「あまり時間は取らせぬ。先日、こんなものを手に入れた。見てくれぬか」

文史郎は左衛門に目配せした。左衛門は、背中から風呂敷包みを下ろした。

左衛門は風呂敷包みを解いた。文史郎はじっと渡嘉敷の顔や様子を窺った。

渡嘉敷は出てきた童子の傀儡を一目見て、顔色を変えた。

「こ、これは?」

「先日、船上で、それがしに襲いかかった傀儡だ。見覚えがあるようだな」

左衛門は童子の傀儡の腕を下ろした。かちりと音がして、傀儡の胴から短い刀の刃が飛び出した。

連動して童子の顔は赤い目を剝き、真っ赤な口を開けた。頭上の紐を引くとかたかたと口を開閉させて笑った。

「……………」

「この一座の傀儡なのだろう?」

「いえ。違います」

「座長、嘘を申すな。この傀儡を一目見て、顔色を変えたぞ」

文史郎は筵の壁越しに殺気を感じ、傍らの刀を引き寄せた。

左衛門も片膝立ちになり、刀を摑み、鯉口を切った。

左右の筵壁に人の気配がする。

「島吉、知花、よせ。大丈夫だ」

渡嘉敷は静かな声で命じた。

文史郎は刀の柄を摑みながら、小声でいった。

「ふたりを見えるところへ来るようにいえ」

「相談人様、ふたりは何もしません。島吉も知花も、わたしを心配しただけのこと」

渡嘉敷はそういいながら、壁越しに二人に中に入るように命じた。

「はい」

「へい」

返事があり、左右の筵を巻き上げて、知花と島吉がのっそりと部屋へ入って来た。

「ふたりとも、剣客相談人様は会っておるな」

「はい。座長」

「へい」

知花と島吉は座長の左右に控えるように座った。

文史郎は刀を脇に戻し、座り直した。

左衛門も刀を置き、正座した。

渡嘉敷はかすかに微笑みながらいった。

「実は、一目この傀儡を見たとき、これはうちの童子傀儡ではないのか、と思いました。だが、違うと分かってほっとしたところです」

「なに、この座の傀儡とは違う？」

文史郎は信用できぬと思った。明らかに渡嘉敷は動揺していた。いまは平静を装っている、と思った。

「おぬしたち、この傀儡を見てみよ」

知花と島吉が座長の前に横たわった傀儡を覗き込んだ。座長がいった。

「赤目だ」

知花は手で口を被った。島吉はじろりと傀儡を一瞥したが、何もいわなかった。

「赤目だと？」文史郎は訝った。

「島吉、うちの童子傀儡を持って来なさい」

「へい。ただいま」

島吉はぬっと立ち上がり、部屋を出て行った。

「わたしたちが使う傀儡とそっくりですが、この傀儡は、赤目一族の傀儡師が使うからくり傀儡。わたしたちの傀儡ではない」

「おぬしたちは赤目一族ではないのか？」

文史郎は真正面から問い質した。

渡嘉敷はゆっくりと左右に頭を振った。

「赤目一族は、わたしたち渡嘉敷一族から出て行った者たち。もともとは根が同じ一族でしたが、いまは、それぞれ別の道を歩んでおります」

渡嘉敷の顔を見る限り、嘘ではなさそうだった。

「座長、持って来ました」

島吉がのっそりと戻り、同じような童子の傀儡を座長に手渡した。

渡嘉敷は受け取った童子の傀儡を、左衛門が持って来た童子の傀儡と並べて置いた。

どちらの童子の傀儡も、顔は丸く、穏やかな笑みを浮かべ、まるで兄弟のように、よく似ていた。

「よく似ているでしょう。同じ人形師が作った傀儡ですからね。しかも、同じ顔形にするのは、芝居が始まると、いちいち着替えをさせたりせずに、すぐに登場させることができるからです」

「ふむ。では、どこが違うと？」

渡嘉敷は知花に目配せした。

知花が横たわった傀儡の紐を握り、軽く引いた。

傀儡は口を開けて笑い顔になった。目も赤目にならず、細くなり、笑う目になった。

ついで渡嘉敷は傀儡の細い腕を脇に下ろした。だが、傀儡の胴からは何も出なかった。

「なるほど」

「一番の違いは、目を剝くと赤目になるところです。赤目になると、恐ろしさが増すためです」

「この仕込み刀は？」

「これは邪道です。わたしたち渡嘉敷一族では、傀儡にこのように刀を仕込むのを厳禁しております。禁を破った者は永久に破門し、二度と再び琉球の地に戻ることはできません」

文史郎は訝った。

「では、赤目一族は？」

「わたしたちから破門された者たちの集まりです」

「誰が首領なのだ？」

渡嘉敷太造は悲しい目付きになった。ふーっと深い吐息をついていった。

「……渡嘉敷次郎兵衛《じろべえ》。わたしの実の弟です」

文史郎は思わず左衛門と顔を見合わせた。

「おぬしの弟、渡嘉敷次郎兵衛は、なぜ、兄のおぬしと仲違いし、出て行ったのだ？」

渡嘉敷太造は、少し考え込んだ。いうかいうまいか、迷っている様子だった。

「いえないような理由か？」

「いえ。わたしも同じ琉球人として、弟の心情はよく分かるのです」

「ほう。どういうことか？」

「次郎兵衛は琉球を力で支配下に置いた薩摩藩を憎み、復讐しようとしているのです」

「薩摩藩への復讐？」

「そうです。そのため、これまで島津公の命を狙ったり、薩摩の異国との密貿易を妨害しようとしているのです」

文史郎は腕組をし、考え込んだ。

薩摩藩の琉球処分については、藩校の漢学者から聞かされたことがある。

薩摩藩は武力で琉球王朝を潰し、己れの領地に組み入れた。その琉球貿易を行なうことで、薩摩藩は大儲けをし、赤字続きの藩財政を立て直したといわれている。

幕府は薩摩藩の琉球貿易の独り占めを認めないとしていたが、薩摩藩からの多額の献金や貢ぎ物を受けたり、島津家と姻戚関係になったりしているうちに、いつの間にか、うやむやになり、薩摩藩の琉球支配を容認するようになっていた。

「おぬしは、薩摩が憎くないのか？」

「憎いです。薩摩藩に親兄弟を殺され、土地や船を奪われたというのに、それを忘れるというわけにはいきません」

「うむ。そうだろうな」

「ほう。こちらの人でも分かっていただける人がおるのですな。ありがたい。これから、長い歳月がかかるとは思いますが、薩摩に琉球人の力を認めさせ、いつか琉球が薩摩から独立できるようにする。それが大切だと私は思うのです」

「ふうむ」

文史郎は考え込んだ。

「そのためには、息子や娘の若い世代、さらには孫の世代、そのまた孫の世代へと、琉球人としての力をつけるため、勉学に励み、いろいろな知識を得て、成長していくことが肝要です」

渡嘉敷太造は、隣にいる知花や島吉を見回した。

「いいな。おまえたちも、これからの琉球のためを思って、いまは我慢するのだ。我慢して、勉学に励み、傀儡師として修業する。いいな」

「はい」

「へい」

知花と島吉は深くうなずいた。

入り口に坊主頭の仁太が顔を出した。

「親方、そろそろ開演です。御用意を」

「いま行く。そういうわけでしてな。相談人様、誤解なきよう、お願いします」

「最後に一つ。いま次郎兵衛は、どこと手を結んでいるのだ？」

「はあ？」

「薩摩の敵と次郎兵衛は手を結んでいるのだろう？」

「……おそらく筑前佐賀藩だろう、と思います」

渡嘉敷太造は一礼し、部屋を出て行った。知花も島吉も文史郎に礼をし、渡嘉敷太造のあとに続いた。

文史郎は考え込みながら、左衛門とともに、楽屋をあとにした。

舞台の方で大きな拍手が起こっていた。

文史郎は腕組をし、裏木戸を出た。

目の前に一人の侍が仁王立ちした。

「おぬしが、剣客相談人と名乗る者か」

「そうだが」

文史郎は無愛想な侍に向かい合った。殺気はないが、傲慢な態度を取る侍だった。

侍の背後に、役人と思われる侍たちが待機していた。

「おぬしは?」

「拙者、火盗改与力頭、月岡玄之助《つきおかげんのすけ》」

「…………」

文史郎は緊張した。

「警告しておく。おぬしが、いまやろうとしていることから手を引け。引かねば、何が起こるか分からぬぞ。いいな。言い置いたぞ」

月岡はそれだけいうと、踵を返し、大股で雑踏の方へ歩み去った。あとから、火盗改の役人たちが肩を揺すって歩いて行く。

文史郎は左衛門とともに、思わぬ火盗改の出現に、茫然として見送った。

第四章　傀儡斬り

一

通りの先に見える江戸城の白い城壁が青空を背景に、陽光を浴びて明るく輝いていた。

武家屋敷の通りは静けさに包まれていた。

築地塀《ついじべい》越しに枝を延ばした欅《けやき》から、夏の終わりを告げるひぐらしの声が頭上に降ってくる。

文史郎は小島啓伍と肩を並べて、ゆっくりと通りを歩いていた。

小島は歩きながら、文史郎にいった。

「そうでしたか。早くも火盗改が警告に現れましたか。名はなんという与力でしたか？」

「火盗改与力頭、月岡玄之助と申していた」

小島の顔がふっと歪んだように思った。

「やはり。月岡玄之助は、鬼の弾左衛門《だんざえもん》の右腕と称される冷酷無比な男です」

「鬼の弾左衛門？」

文史郎が訝った。あとを歩く左衛門が小島よりも早くいった。

「殿、巷では火盗改の頭で鬼の弾左衛門といえば、どんな悪党でも震え上がる、有名なというか悪名高い頭領です」

「知らぬな」文史郎は首を傾げた。

小島が笑った。

「左衛門殿、それは知らなくて当然です。殿は悪党ではありませんから」

「……それはそうですが、世間の常識というものがありましょう。殿は、それが時折、欠けているときがある」

「そんな鬼の弾左衛門など知らないでも、真っ当に生きていけばいいではないか。なにも火盗改など怖れることはない」

「そりゃあそうですが」

左衛門は黙った。

小島が笑いながらいった。

「その弾左衛門の次に悪党どもから怖れられている男が、与力頭の月岡玄之助です」

「それで、あんなに威張っておるのか」

文史郎は、目の前に傲然たる態度で立ちはだかった月岡玄之助を思い出し、不快に思った。

「腕も立ち、夢想流の皆伝と聞いています。これまで斬った相手は百人とも二百人ともいわれております」

「人斬りが自慢か。くだらない」

文史郎は不快そうに吐き棄てた。

「小島、もういい。鬼だの死神だの、悪党どもを怖れさせ、犯罪を防ごうというのだろうが、それがしの心には少しも響かぬ。話を先に進めよう」

「はい。そのようですな」

小島はにやっと笑った。

いつしか両側の築地塀は切れ、そこからは武家造りの旗本屋敷が並んでいた。小島は二軒目の長屋門の前で足を止めた。

「小笠原新佐衛門殿のお住まいは、こちらでござる」

「おおそうか」

文史郎はがっしりとした門構えの瓦屋根を見上げた。

門扉《もんぴ》は硬く閉ざされていた。くぐり戸も閉まっている。

小島は門扉を叩き、訪いを告げた。

物見窓から覗く人の気配があった。やがて、門扉が開き、門番が顔を出し、小島をはじめ、文史郎や左衛門をじろりと見回した。

小島は身分を名乗り、来意を告げた。

「しばらく、お待ちを」

門番は引っ込んだが、すぐに戻って門扉を大きく開いた。

「どうぞ、お入りくださいませ」

小島を先頭に、文史郎と左衛門が続いた。

玄関まで砂利《じゃり》が敷き詰めてある。

文史郎が砂利を踏んで玄関に入ると、式台に用人の若侍が座り、待ち受けていた。

小島が再び身分を名乗り、奥方に面会を申し込んだ。

用人の若侍は胡散臭《うさんくさ》そうに文史郎たちに目をやった。

「御同行の方々は？」

「こちらの方々は……」

いいかけた小島を制し、左衛門が進み出た。

「こちらの御方は、剣客相談人大館文史郎様、それがしは側用人《そばようにん》、篠塚左衛門と申す」

若侍ははっと顔を上げ、まじまじと文史郎を見つめた。

「少々、お待ちを」

文史郎はからかうようにいった。

「爺、いつから側用人になったのだ？」

「殿、傳役よりも、側用人といえば、殿が偉そうに見えるでしょう？」

左衛門は小声で返した。

やがて、若侍が急いで引き返して来た。

「どうぞ、お上がりください」

「うむ」

文史郎は刀を腰から抜き、右手に携えて式台に上がった。

通されたのは、客間でもある書院だった。

若侍は急いで座布団を三枚用意し、床の間を背にして並べた。

文史郎は真ん中の席に座り、左右に左衛門と小島が座った。

若侍が出て行くと、入れ替わるように、若い娘と女中たちが現れ、文史郎たちにお茶を捧げた。

「粗茶にございますが」

娘はいいながら、大きな黒い瞳で文史郎を上から下まで眺め回した。間近で美しい娘にまじまじと見られるのには、文史郎もあまり慣れてはいない。

文史郎はたじろぎながらいった。

「かたじけない。しかし、お気遣いなさらぬように」

「はい。剣客相談人様」

娘はくすくす笑った。娘と女中たちは文史郎たちを盗み見しながら部屋を出て行った。と思う間もなく、廊下の奥から娘たちのきゃあきゃあ、はしゃぐ声が聞こえた。

「殿、なんですかのう？」左衛門が茶を啜りながらいった。

「年ごろの娘は、箸が転がっても笑うというから、そうなのだろう」

「殿、またそれがしに隠れて、何かしたのでは？　色目を遣ったりして」

「何をいう、爺」文史郎は左衛門を睨んだ。

「殿、おそらく、瓦版を読んでいるのですよ」

小島はにやにやした。

「なに、あの瓦版が、もうこんなところまで広まっているというのか？」

「殿は悪党を退治した人気者だからいいじゃありませんか。話も聞きやすい」

小島がささやいた。

「そうかのう」

文史郎は半信半疑で首を傾げた。

「殿はいいですよ。瓦版でも殿様として描かれている。どうせ私なんか小鬼ですよ」

左衛門は不貞腐れる振りをした。

「まあまあ、左衛門様は……」

小島が何かいいかけて、さっと顔を引き締めた。廊下に人の気配がして、若侍を従えた奥方が静々と入って来た。

奥方は書院に入りながら、文史郎にさりげなく視線を流し、文史郎の居住まい、人品卑しからぬ容貌に探りを入れた。

文史郎は背筋を伸ばし、奥方を見つめた。

奥方はさすがにやつれてはいたが、武家の奥方としての気位を失わないでいた。

奥方は文史郎の前に正座し、深々と頭を下げた。

「これはこれは、剣客相談人様におかれましては、このような小宅に、よくぞお越しいただき恐縮いたしております。小笠原新佐衛門の妻、椿《つばき》にございます」

後ろに控えた若侍も畏まり平伏している。

文史郎は在所にいる萩の方を思い出し、居心地が悪くなり、尻がむずむずした。

「拙者、大館文史郎にござる」

文史郎に続いて左衛門と小島が名乗った。

「この度は突然御夫君を亡くされ、さぞお気を落とされておられることと存ずる。まことに愁傷《しゅうしょう》の極み……」

文史郎は殿様時代の弔辞《ちょうじ》を思い出しながら、縷々《るる》慰めの言葉を並べた。

奥方は恐縮し、感謝の言葉を述べた。それから顔を上げ、恐る恐る文史郎に尋ねた。

「失礼かとは思いますが、どちらのお殿様でしたのでしょうか？」

左衛門がすかさず厳《おごそ》かに答えた。

「殿は那須川藩一万八千石の若月丹波守清胤様。現在は、息子に家督を譲って隠居し、名前も大館文史郎様と改め、江戸にて暮らしておられる」

「うむ」文史郎はうなずいた。

「世の中の治安の乱れに、殿は心を痛められ、剣客相談人として世直しせんと……」

文史郎は左衛門の口上に赤面する思いだったが我慢して、調子を合わせ、いかにも殿様然としてうなずいた。

「……さようでございますか」

奥方は半信半疑の様子だったが、ますます恐縮した。

「ところで、この度、お越しいただいたのは……」

「殿は、この度の一連の卑怯なる闇討ち、殺傷事件に、ひどくお怒りになり、剣客相談人として放置できずと、事件解決に乗り出した次第である。……」

左衛門は、よくもこうすらすらといい加減な口上を述べることができるものだ、と文史郎は呆れて眺めていた。左衛門はそんな文史郎の視線ものともせず、最後まで言い切り、平然としていた。

奥方は顔を上げ、戸惑いながらいった。

「私どもに、何をお尋ねなさるのか。お取り調べは、目付様支配の火付盗賊改とお聞きしていました。火盗改の与力殿から町方奉行所の調べに応じる要なしといわれましたが……」

左衛門が文史郎の顔を見た。文史郎に何かいえと目がいっていた。

「ああ、火盗改与力頭の月岡玄之助が、そんなことを申しておったか。捨て置け。火盗改は火盗改。余は火盗改でも町方奉行所にもあらず、ただ悪を懲らしめるために立ち上がった相談人だ。事件を解決し、殺められた者の恨みを晴らそうと、こうしてお訪ねしたのだ」

文史郎が、それ以上続ける言葉が思いつかず襤褸《ぼろ》を出しそうになったところに、小島が助け舟を出してくれたので、文史郎はほっと一息ついた。

「そういうことなので、殿のお調べに協力していただけまいか」

「はい。旦那様の仇を討つことができますれば、なんでもお話しいたします。ただ、旦那様は仕事について、私どもに何もお話しなさらなかったので、あまりお役に立てるとは思いませんが」

「御新造が知っていることだけでいい。小笠原新佐衛門殿は、あの日、どなたのところへ出掛けておったのか？」

「……たしか、札差の……」

奥方は一瞬戸惑った顔になり、後ろの若侍を振り向いた。

「民之丞《たみのじょう》、おまえは存じておろう？」

「はい。母上、増田屋《ますだや》だったと、父上が申されておりました」

「そうそう。あの日は、佐島弦内様のご指示で密かに増田屋のご主人と会うとおっしゃっておられました。重大な話を確かめるのだとか」

奥方は思い出しながらいった。小島が文史郎にささやいた。

「増田屋は、札差、金貸しにござる」

文史郎は奥方に訊いた。

「その重大な話というのはなんでござるかな？」

「旦那様は、そうした内容については、女の私たちは知る必要がないと。ですが、息子の民之丞には、もしかして……」

奥方は民之丞を振り向いた。民之丞は畏まった顔でいった。

「それがし、父上から口止めされておりましたが、いまとなっては最早《もはや》せんないこと。この機会に相談人様に申し上げます」

「うむ。何を口止めされておったのだ？」

「父上は、ある幕閣の庇護の下、肥前佐賀藩が行なっている密貿易を糾弾なさろうとしておりました」

「なに、肥前佐賀藩が」

文史郎は左衛門と顔を見合わせた。

渡嘉敷太造が、別れ際に、弟の渡嘉敷次郎兵衛は肥前佐賀藩と手を結んでいるらしい、といっていたのを思い出したからだ。

「肥前佐賀藩が密貿易をしているというのか？　それもある幕閣の庇護を受けて」

「はい。その密貿易が上げる利益を扱い、甘い汁を吸っているのが、札差の増田屋。その主人を問い詰め、証拠を集めて、佐島弦内様に通報すると」

「幕閣の誰と申していた？」

「そこまでは、話していただけませんでした」

「では、肥前佐賀藩は、どのような密貿易をしていると話しておったか？」

「それも、詳しくは。ただ、佐賀者《さがもの》が藩の意向も逸脱して、動いているので、用心せねばならぬと申してましたが」

「佐賀者？　何かな？」

左衛門がしたり顔でいった。

「殿、おそらく伊賀者《いがもの》のような、佐賀の忍び、お庭番ではござらぬか？」

「はい。父上も、そのようなことを申してました。だから、もしや、父上は、その佐賀者に殺されたのではないかと」

「うむ。民之丞、よくぞ教えてくれた。礼をいうぞ。相談人として、おぬしの父上の仇、必ず討ってやろう」

「ありがとうございます。どうか、父上の仇を討つときには、それがしも立ち合わせていただきたく、お願いいたします」

民之丞は頭を下げた。奥方もいっしょに平伏した。

「殿、またまた安請け合いをなさって……」

左衛門が文史郎を睨んだ。

民之丞が目を輝かせていった。

「ところで、相談人様、一つお尋ねしたいのですが」

「何かな？」

民之丞は懐からくしゃくしゃになった紙を取り出した。瓦版だった。

「この瓦版にある悪党退治はほんとうでございますか？」

「うむ。少々誇張はあるが、ほんとうの話だ」

文史郎が答えた途端、襖の向こう側で、娘たちの喜ぶ声が上がった。

「本物だって」

「きゃあ」

突然、襖が敷居から外れ、先程の娘や女中たちが書院に転がり込んだ。

「なんですか、あなたたちははしたない」

奥方も思わず吹き出しながら、娘たちをたしなめた。

二

文史郎たちの乗った猪牙舟は、一路神田川を下っていた。

「殿、おもしろうございましたな」

左衛門が思い出し笑いしながらいった。

「うむ」

文史郎は複雑な思いで腕組をしていた。

瓦版が広めた剣客相談人の虚像が一人歩きしているように思った。その虚像の剣客相談人に、本物の己れが合わせているようにも思える。

「殿、うまくいきましたな。殿が月岡玄之助を呼び捨てにしたところなど、溜飲が下がりました。火盗改なにするものぞ、と」

「そうか」

文史郎は、月岡玄之助があとで奥方から聞いたら、激怒するだろうな、と思った。

ま、そのときは、そのときだ。心配しても始まらない。

「思ったよりも、剣客相談人の名前が通っておりますな。殿、当分、さっきのように、偉そうにしていていただければ、あとは爺と小島殿がなんとかしますので」

「なんとかするというのは、相手に嘘八百をまくしたて煙にまいて、詐欺《さぎ》まがいに人をたぶらかすということか」

「ま、半分はその通りですが、殿、ちと言葉がきついですぞ。嫌味に聞こえます」

「嫌味をいっておる」

「騙しているのではなく、相手が思う殿の像に合わせているだけですから」

文史郎は憮然としていた。それにしても、後味が悪い。

猪牙舟は浅草御門に差し掛かった。

「船頭、そこに着けてくれ」

小島が命じた。船頭が船着き場に舟を着けると、小島は身軽に桟橋に飛び移り、舟縁を押さえた。

文史郎と左衛門は桟橋に上がった。

「増田屋は、すぐそこにあります」

小島はいい、石段を上がり、先導するように歩き出した。

店先は、大勢の武家の客の出入りで賑わっていた。

内所の上がり框に座った文史郎たちの前に、算盤《そろばん》を手にした増田屋多兵衛《たへえ》がまるで商談でもするかのように座って話していた。

「ははは」

増田屋多兵衛は、文史郎が剣客相談人を名乗っても笑うだけで、まったく畏れ入る様子もなかった。

「ああそうですか。だから、なんなのですか」といった具合で、文史郎や小島が何を尋ねても、けんもほろろの対応だった。

小島啓伍が南町奉行所の定廻り同心だと知っても、虚勢を張っているのかもしれないが、まったく動じる様子もない。

「どなたから、私のところをお聞きになったのか知りませんが、えらい迷惑ですな。勘定吟味の佐島弦内様は存じてますが、勘定吟味方下役のなんと申しましたか、はあ、小笠原新佐衛門様、聞いたことありませんな。お目にかかったこともないし」

文史郎は小島や左衛門と顔を見合わせた。

文史郎が、剣客相談人であることを名乗っても畏れ入られなかったことは、どうでもよかったが、小笠原新佐衛門と会ったこともない、名前も聞いたことがない、と白《しら》を切る増田屋多兵衛を見て、文史郎は次第に腹が立って来た。

　こやつ、嘘をついている。何か、後ろめたいことがあるに違いない。

　増田屋多兵衛はしらっとした顔でいった。

「私は商売柄、老中様をはじめ、若年寄様、勘定奉行様や目付様、そうそう御奉行様とも、親しくお付き合いいただいております。こういっては、なんですが、あなたたち奉行所の下役や、怪しげな方々に脅されるほど、落ちてはいないつもりでしてね。下らないお話をしている暇はありませんので、早々にお引き取り願えませんかな」

　文史郎は小島を見た。小島はこうした対応に慣れている様子で、怒りもせず、平気の平座だった。左衛門は完全に頭に血が上り、顔を真っ赤にしている。

　小島は十手を取り出し、手でぱたぱたと叩いた。

「そうですか。増田屋さん、こういってはなんですが、お宅の悪い評判が、町方の我々にも入ってましてね。貧乏な旗本や御家人に、えらい高利で金貸しをしているそうではないですか。あまりあくどい商売をなさっていると、恨みを買って、いつ何時、強盗が押し入ったり、土蔵破りが増田屋を襲うか、分かりませんよ」

「脅すのですかな」

「いや、そうなったら、あんたたちは、すぐ町方のわれわれを呼ぼうとなさるが、われわれはすぐに駆け付けるかどうか。こんなに町方に非協力なあんたたちを護る義理はまったくないんでね」

「あんたら町方なんかに護ってもらわなくてもいい。そういう凶悪な強盗には、火付盗賊改様が駆け付けてくれますんでね」

増田屋多兵衛は嘯《うそぶ》いた。

文史郎はたまりかね、低い声でいった。

「増田屋多兵衛、警告しておく。小笠原新佐衛門殺しの調べは、町方ではなく、その火盗改に召し上げられた。それがしたちには白を切れても、火盗改の月岡玄之助にかかったら、そうはいかんぞ」

「月岡玄之助様を御存知で」

増田屋多兵衛は顔色を変えた。

左衛門も声をひそめていった。

「そう、殿のおっしゃる通り、今回の小笠原新佐衛門殺しには、直接、鬼の弾左衛門が乗り出すと息巻いている」

小島も冷ややかな笑みを浮かべていった。

「増田屋多兵衛、町方を舐めるなよ。ここで取り調べた話は、火盗改にすべて上げるようにいわれているんだ。協力して話をしてくれれば、われわれが間に立って、うまく波風立てないようにしてやるところだったが、こう白を切られては、仕方がない。協力してくれなかった、多兵衛は怪しいと、報告を上げたら、月岡玄之助様も烈火のごとく怒るだろうよ。多兵衛、いずれ火盗改の呼び出しがかかるまで、首を洗って待っているんだな。殿様、引き揚げましょう。時間の無駄だ」

小島は十手を腰の帯に差し込み、文史郎や左衛門を促した。

「うむ。止むを得ぬな。弾左衛門に直接増田屋多兵衛を取り調べるようにいっておこう」

文史郎は駄目押しをいった。

文史郎は小島、左衛門を従え、店を出ようとした。

話を立ち聞きしていた番頭の一人が、多兵衛に駆け寄り、何ごとかを囁くのが見えた。

「お待ちください」

案の定、増田屋多兵衛のうろたえた声が文史郎の背中にかかった。

文史郎は無視して、店先から通りに歩み出た。左衛門と小島も笑みを堪えて、付いてくる。

「お待ちを。しばし、お待ちを」

顔面蒼白になった多兵衛が、おろおろしながら、文史郎の前に回り込み、すがるようにしていった。

「失礼いたしました。お殿様、なにとぞ、失礼の段、お許しください。話します。なんでも話しますので、お戻りください」

通行人たちが何ごとが起こったのか、と周りに集まりはじめた。

三

文史郎たちは、庭に面した広い座敷に通された。

文史郎は床の間を背に、左右に左衛門と小島が座った。女中たちが、いい薫りがする玉露《ぎょくろ》を運んで来て、文史郎たちの前に置いた。

女中たちは、どうやら、瓦版を見ているらしく、文史郎や左衛門を盗み見しながら引き揚げて行った。

「まことに、失礼をいたしました。剣客相談人様がこんなに有名な御方とは、つい存じませんでして」

増田屋多兵衛は瓦版を前に、打って変わったように愛想がよくなった。どうやら、大番頭が気を利かせて、瓦版を一部、多兵衛に見せ、文史郎たちの身分を話した様子だった。

文史郎はその変貌ぶりに呆れたが、何もいわず、むっつりと席に座り、出された玉露の茶にも手をつけなかった。左衛門も苦々しい顔で座っている。

小島だけが、文史郎と左衛門を宥めたり、多兵衛との間を取り持つようにして話を進めていた。

頼吉《よりきち》と名乗った大番頭が、多兵衛の隣に座り、主人が窮地に陥らぬよう目配りをしていた。

「ほんとうに申し訳ありませぬ。包み隠さず、申し上げますので、ここだけの話にしていただけませんでしょうか」

多兵衛は女中たちが部屋から出て行くと、文史郎に頭を深々と下げた。

「火盗改に嘘の報告を上げろというのですかな？」

小島が静かにいった。多兵衛は慌てて、手を振り、否定した。

「滅相もない、そうではありません」

「もちろん、それがしたちが重要ではない、と判じたものは、報告するつもりはない」

　小島は冷たい口調でいった。

　多兵衛はちらりと頼吉に目をやった。頼吉がかすかにうなずくのが見えた。

　文史郎は、店の大番頭と名乗っているが、頼吉は誰かの監視役かもしれぬと思った。もしや、小笠原のいっていたという佐賀者かもしれぬ。

「多兵衛殿、小笠原新佐衛門殿は、おぬしに何を訊いた。それから話してもらおうか」

　小島が訊いた。

「はい。小笠原様は、増田屋が御用立てている肥前佐賀藩の勘定の内情について、お尋ねになりました」

　多兵衛はぽつぽつと話しはじめた。

「御承知のように、増田屋は主として肥前佐賀藩の米の売買取引を扱っていますが、小笠原様は、最近米以外の物資を担保に、うちが資金を調達しているだろう、と。その物資の内容や量、取引高などを教えろと」

「教えたのか？」

「はい。そうでないと、勘定奉行に申し立てて、増田屋の札差業の鑑札を取り上げるといわれまして」

「小笠原殿は、おぬしに、肥前佐賀藩の行なっている密貿易を裏付ける証拠を出せといったはずだ」

「それは無理なお話です。私どもはただの金貸し業、密貿易など手懸けたこともありませんし、手懸けるつもりもありません」

「しかし、米以外の物を担保に金を貸したであろう。その担保とはなんだ？」

「それは……」

「火盗改に責められねばいえぬか？」

多兵衛は頼吉をちらりと見た。頼吉は小さくうなずいた。

「申し上げます。大砲や船、それも西洋の軍艦ですが、最新式の鉄砲、銃弾など。さらに、衣類、西洋行灯、机、椅子などもろもろの異国の品です」

「増田屋は、それらを購入するための資金を出しているというのか？」

「そうではありません。あくまで高利でお貸しするのであって、資金を提供するわけではありません。肥前佐賀藩は、うちから借り入れるだけでなく、ほかの方法でも資金の調達を行なっているはずです」

文史郎は小島に代わっていった。

「幕府は、異国との貿易は長崎の出島に限るとして厳しく禁じているはずだが」

「それは表向きでして、肥前佐賀藩だけでなく、薩摩藩も幕府の暗黙の了解の下、琉球貿易の名で密貿易を行ない、藩の財政資金を調達しています。肥前佐賀藩は、出島のある長崎を領地としていることもあって、異国人と親しい関係ができた。そこで出島を通さずに、直接密貿易船を大陸やマカオなどに出し、異国との貿易を行なって、長年の財政危機を立て直そうとしているのです」

小島が多兵衛に尋ねた。

「それで小笠原殿は、何を問題視していたのだ？」

「幕府が何もいわないのをいいことに、肥前佐賀藩が密かに最新式の大砲や鉄砲など武器、そのほか異国の品々を輸入していること。これは幕府としてはやめさせたいところだが、幕府のある事情によって、どうしても歯止めが効かない。しかも、それら異国の品を輸入するため、幕府の知らぬうちに、金銀や生糸などが際限なく流出している。いわば、穴の空いた桶のようなもの。これは国の歳出を厳しく監査する勘定吟味方としては、とうてい見逃しがたい事態だとしていました」

文史郎は首を捻った。

「幕府のある事情とはなんだ？」

多兵衛は顔をしかめた。

「いいにくいのですが、要するに偉い方々が対立していて、そのため幕府の方針が一つにまとまらないのです」

「権力争いか」

「そうなのです。片方がいい、といって進めると、もう一方から横槍が入って、進んでいたことが頓挫する。下の役人は取り締まるのか、取り締まらないでいいのか分からずに、右往左往するわけですな」

「その偉い方々というのは誰を指しているのだ？」

多兵衛は困った顔をした。

「弱りましたな。ますます答え難いことをお尋ねになる。なんとお答えしたものか……」

「多兵衛、われわれ相談人は、おぬしから聞いたことを幕府の上の方に告げ口するわけではないし、それでおぬしをどうこうしようというのではないぞ」

「では、ここだけの話ということで」

「よかろう」

「いま幕閣の中で最も将軍様の信頼を得ている御方は、側用人の唐沢一誠《からさわいっせい》様とお聞きしています。一時、唐沢様は飛ぶ鳥も落とす勢いでした。その唐沢様の権勢に陰《かげ》りが見えはじめたのが、去年、一時、将軍様がご病気になられたころです」

「ふうむ」

「そのころから、めきめき頭角を現したのが、留守居年寄衆《るすい》の寺島陣内《てらしまじんない》様です。寺島様はお役目柄、大奥のお局《つぼね》様たちの覚えよく、老中の田代勝重《たしろかつしげ》様の後押しもあって、かなりの発言力をお持ちだ」

「留守居年寄衆の寺島陣内のう」

文史郎は、留守居年寄衆については、苦い思い出がある。

留守居年寄衆、通称では留守居役だが、江戸城では、将軍不在の折には、江戸城中のいっさいの責任を負う重役である。将軍がいるときにも勤務し、その職掌は広い。

城門の守りから、城内の武器武具の管理、さらには男子禁制の大奥の総務、取り締まり、護衛に至るまで幅広く司る。そのうちの職掌の一つに関所女手形改めがあった。

最近ではだいぶ緩くなったというものの、幕府は、人質としている大名の奥方が、江戸を抜け出すことがないように、関所手形の管理発行を厳しく取り締まっていた。

その関所手形を発行するのが留守居年寄衆だった。

文史郎がまだ那須川藩主若月丹波守清胤で在所にいたとき、江戸屋敷にいる妻の萩の方を在所に呼び戻そうとして、手形の発行願いを申請したのだが、藩の江戸留守居役の手違いで、その当時の留守居年寄衆に付け届けが間に合わなかった。

そのため、留守居年寄衆にいじわるされ、他藩大名への見せしめもあったのか、半年近く関所手形の発行が延ばされてしまった。付け届けの額次第では、一日二日で手形が出るというのにである。

そうしたこともあって、地方藩の国持ち大名たちは、こぞって留守居年寄衆に盆暮れの付け届けをして、奥方や家臣の妻女の出府に、いじわるをされないようにするのだった。

多兵衛は頭を振った。

「この側用人唐沢一誠様と、留守居年寄衆寺島陣内様との争いで、幕府の方針が定まらず揺れているのです」

「そういうことか。で、肥前佐賀藩は、留守居役寺島陣内と通じておるのだろう？」

「お察しの通りです。寺島様だけでなく、老中田代勝重様が肥前佐賀藩を応援されておられるのです」

文史郎は心の中で、なるほどと納得した。

肥前佐賀藩三十五万七千石の鍋島《なべしま》家は外様《とざま》ではあったが、近年、藩主鍋島直正《なおまさ》が将軍徳川家慶《いえよし》の妹盛《もり》姫を正室として迎えて姻戚関係を結んでいる。そのため、直正は幕府のみならず大奥の局たちの受けがよかった。

直正は藩政改革を断行し、商人たちからの借銀を整理したり、藩財政を立て直すとともに、幕府からの五万両もの支援を受け、長崎警備強化を名目に藩の軍事力を強化した。

直正はオランダを通して欧州文化に傾倒したが、その度が越していたので「蘭癖《らんぺき》大名」とも揶揄《やゆ》されている。

文史郎は訝った。

「では、一方の側用人唐沢派の重臣たちは、どこと結びついていたのだ？」

「御承知だと思いますが、これまで幕府は薩摩藩の島津《しまづ》家と手を結んでいました」

「そうだったな。将軍家斉《いえなり》様の岳父は島津重豪《しげひで》殿だったものな。もともと島津家と徳川家は縁戚関係で強く結びついていた」

「そこへ肥前佐賀藩が割って入ったようなものなのです」

「肥前佐賀藩は何を狙っているのだ？」

「私が思うに、琉球貿易で異国との貿易を独占している薩摩藩を追い落とし、肥前佐賀藩が薩摩に代わって異国との貿易を独占しよう、ということでしょうな」

「そんなことをされたら、薩摩が黙っていないだろう」

「もう影の戦争が始まっているといっていいでしょうね」

多兵衛は、それがどういうことか分かるだろう、という顔で文史郎を見た。

「多兵衛、おぬしは、肥前佐賀藩に金を用立てているところを見ると、留守居年寄衆の寺島陣内派だな。違うか?」

多兵衛はにんまりと笑った。

「困りましたなあ。確かに、どちらかといえば寺島様派ですが、唐沢様派ともお付き合いはありますんで。わたしども商人は、誰とでもお付き合いするのが、商売のこつですんでね」

如才ない男だな、と文史郎は思った。

小島が訊いた。

「話を戻すぞ。で、小笠原殿は何を問題にしておったのだ?」

「また、その話ですか」

多兵衛は溜め息混じりにいった。

「小笠原様は幕府の勘定奉行や勘定吟味役の与《あずか》り知らぬところで、巨額の金が動いており、それが幕府の一部幕閣や要人の懐に入ったりしていること。さらに禁制品が、あろうことか幕府の大奥に出回っていることに怒っておられた」

「禁制品？　なんだ、それは？」

文史郎が訝った。多兵衛は溜め息をついた。

「それは……申し上げにくいことでして。小笠原様にも申し上げたのですが、確証がなく、あくまで伝聞でしかないのですが」

「伝聞でいい。教えてくれ」

「……阿片です」

「なんだって。肥前佐賀藩は阿片売買に手を染めているというのか」

「それが資金稼ぎとして手っ取り早いわけです。担保もいらずに、大量の資金を手に入れることができる」

「殿、阿片吸引は国を滅ぼすと申しますぞ」

左衛門も唸るようにいった。文史郎はうなずいた。

「藩主の鍋島殿は、そのことを御存知なのだろうか？」

「おそらく御存知ないと思います。藩主には内緒で下の家臣がやっていることですから。だいたい下々のことまで知らないのが、お殿様ですからな」

「そうそう」

左衛門が我が意を得たりとうなずいた。

「下々の者は、たいてい、殿には迷惑がかからぬよう働くものでしてな。その結果、問題が起これば、殿には迷惑が及ばぬように自分が詰め腹を切って責任を取る。殿は知っていても知らぬふり。そんなものですよ、世の中」

「爺、なんか、それがしのことをいっておらぬか？」

文史郎は左衛門をじろりと睨み付けた。

「いえ、まあ」左衛門は首をすくめた。

文史郎は腕組をして唸った。

「肥前佐賀藩が、密かに阿片取引をしていると分かったら、しかも、それを幕府の重臣の留守居役寺島たちが庇護しているとなったら、天下を揺るがす大騒ぎになる」

文史郎は小島を見た。

「小島、先日、大川に揚がった奥女中付きの女の溺死体は……」

「阿片中毒者でした。やはり大奥に阿片が出回っていることになる」

左衛門がいった。

「小笠原殿は、増田屋から、肥前佐賀藩が密貿易に留まらず、阿片売買までしていることを聞いて、勘定吟味役の佐島弦内様に報告しようとし、その直前に殺されたことになりますな」

　文史郎は腕組をした。

「しかし、そうした阿片売買の話を聞き、それを上司に報告しようとしただけで、殺されるものなのか？　それに阿片取引をしている証拠の書類や帳簿でもなければ、佐島弦内も老中にまで上げることはできまい」

　小島もうなずいた。

「多兵衛、小笠原殿に証拠の帳簿とかを手渡さなかったか？」

「渡してありません。阿片取引の証拠になるような帳簿や証文は持っていませんし、渡しようもない。ただ……」

　多兵衛は言葉を切って、また頼吉を見た。頼吉は身じろぎもしなかった。

「ただ……、なんだというのだ？」

「小笠原様は、担保が保管されている倉屋敷の所在地を印した絵地図を持って行かれたのです」

「倉屋敷の絵地図を？　どうして、そんな地図を？」

「はい。担保の証文には、品目、数量などを克明に記録しますが、いっしょに、その品物がどこに保管してあるのかも書き記します。そして、実際、そこへ私か番頭の頼吉が出掛けて行き、担保の品目がちゃんと記された数量通りにあることを確認しないと、お金は貸せませんのでね。そのとき確認した保管場所を印した絵地図なのです」

「小笠原は、なぜ、そんな地図を持って帰ったのかね。肥前佐賀藩の倉屋敷など、調べれば、簡単に分かりそうなものだが」

「普通の倉屋敷ではありません。鉄砲や爆薬など禁制品もあるので、それを保管する秘密の隠し倉なのです。肥前佐賀藩は、そうした隠し倉を江戸市中、市外のそこかしこにいくつも持っているのです」

「その数は？」

「私たちが教えてもらった隠し倉は、七ヶ所でした」

「ほかにもあるのか？」

「頼吉、どうだった？」多兵衛は頼吉に訊いた。

「ほかには、二ヶ所ありました」

「その二ヶ所の倉について、江戸家老の江藤《えとう》様は、いまは廃止して使っていない、といっていましたが、嘘だと思います。私はいまも使っていると思いますね」

文史郎が尋ねた。

「江藤様というのは？」

「肥前佐賀藩の江戸家老の江藤鮫衛門《さめえもん》様です。江藤様が、私たち増田屋の取引相手です」

小島が話を戻した。

「なぜ、その二ヶ所の倉は使われているというのか？」

「二つとも、ほかの倉よりも、はるかに湊に近くて輸送に便利なのです」

「どこにあったか、覚えているかね」

小島が訊いた。

「一つは江戸湊の近く、もう一つは品川宿近くでした。どちらも海に面していて、桟橋がついていたと思います。だから、船から艀《はしけ》で運べば、すぐに荷物を陸揚げできる」

「その倉の場所を絵地図に印してくれぬか？」

「分かりました。番頭さん、どこかに江戸絵地図があったろう。持って来てくれないか？」

「へい」

頼吉は腰を上げ、廊下に出ると店の方へ急ぎ足で姿を消した。

「多兵衛、あの番頭、信用できる男か？」

文史郎は頼吉が去った店の方へ目をやった。

「信用できます。丁稚のころから、手塩にかけて育てた男ですから」

「ならばいいが」

文史郎はうなずいた。小島が訊いた。

「小笠原は、隠し倉の地図を、持ち帰り、どうするつもりだったのだ？」

「小笠原様も江藤様がいまは使っていないといった倉屋敷にひどく関心を抱いたようです。おそらく、そのどちらかに、あるいは両方に禁制品の阿片を運び込んでいるのでは、と考えたのでしょう」

「小島、殺された小笠原の所持品の中に、絵地図はあったか？」

「それがしは、気付きませんでしたね。もし、所持品の中に地図があれば、それがしも気付いていると思います。もしかして、傀儡使いに奪われたかもしれません」

「傀儡ですと？　傀儡がどうしたというのです？」

多兵衛が顔をしかめた。小島がいった。

「小笠原新佐衛門殿は、傀儡に襲われて、喉を搔っ切られて絶命した」

「傀儡が……」

「何か気付いたことがあるのか？」

「はい。肥前佐賀藩の下屋敷に江藤鮫衛門様を商談で、お訪ねしたとき、琉球傀儡師たちがいて、庭でからくり人形を操る練習をしていたのです」

「ほう、どのような練習だったのだ？」

「それが木から木に綱を張り、小さな軀の傀儡を飛ばす。私がそれをおもしろがって、渡り廊下で立ち止まって見ていたら、傀儡師の頭《かしら》が血相を変えて怒り、練習をやめた。私を薩摩の間諜ではないか、と江藤様に迫ったのです。江藤様がこの男は、増田屋多兵衛で、肥前佐賀藩と取引している札差だといって宥めてくれてことなきを得たのです。そうでなかったら、殺されかねない剣幕だった」

　文史郎はもしや、と思った。

「その傀儡師たちは何者だ？」

「分かりません。江藤様はただ笑っていただけで、わたしどもには何も」

　多兵衛はそのときのことを思い出したのか、身震いした。

　廊下を頼吉が急いで戻って来た。手に絵地図を持っていた。

「古い地図ですが、一枚ありました」

「どれ、その二ヶ所の隠し倉というのは、どこにあるのか？」

「番頭さん、筆を」

「用意してあります」

頼吉は用意した筆で、絵地図の二ヶ所にバツ印をつけた。品川宿に一ヶ所、そして、江戸湊の向かい側、大川右岸に一ヶ所。

文史郎はじっとバツ印に見入った。

四

江戸船手の番所や役屋敷は霊岸島の永代橋の袂にあった。昼間、番所からは、江戸湊や河口に停泊する菱垣廻船や運搬船を一望することができる。

文史郎は小島と並んで歩きながら、舟に乗って河口近くに停泊していた菱垣廻船に夜襲をかけたことを思い出していた。

あの船は、まだ停泊しているのだろうか？

左衛門も同じ思いを抱いていたらしく、文史郎に顔を向け、首を振った。

役屋敷の玄関には、いかめしい顔の番人が棒を手に立っていた。

番人は、十手を腰に差した小島に案内させ、殿様然と歩く文史郎を見て、すぐさま最敬礼して迎えた。文史郎は、左衛門を従え、悠然と歩を進めた。

小島は役屋敷の式台で訪いを告げた。

出て来た侍は、小島と左衛門を従えた文史郎を一目見て慌てて引き下がった。

文史郎は小島と顔を見合わせた。

船主や船頭が玄関脇の控えの間で集まり、呼び出しを待っているのが見えた。

やがて、先刻の侍と上司が現れた。

「船手頭にお目にかかりたい」

小島は上司らしい侍に告げた。

「どうぞ、お上がりくださいませ」

上司の侍も文史郎たちを一目見て、何もいわずに屋敷の客間に案内した。

「しばし、お待ちを」

侍たちがいなくなると、左衛門が口に手をあて、おもしろそうに「ひひひ」と笑った。

「殿を見て、みな、幕府の偉いさんが突然訪ねて来たと勘違いしているようですな」

「爺、品のない笑い方をするな」

文史郎は床の間を背に座り、左衛門をたしなめた。

やがて、静々と上役らしい侍が先程の侍たちを従えて部屋に入って来た。

文史郎の前に平伏して挨拶した。

「ようこそお越しくださいました。拙者、船手頭を拝命いたしております、三代目向《むか》井将監《いしょうげん》にございます」

「向井殿、そうしゃちほこばらないでいただきたい。拙者、いまはただの隠居の身、無役の者でござる」

「はあ？」向井将監は驚いて顔を上げた。

左衛門がすかさず付け加えていった。

「殿は、那須川藩一万八千石の元藩主若月丹波守清胤様改め大館文史郎様として、剣客相談人をなされておられる」

「剣客相談人だと！」

船手頭向井将監は、ぎろりと大きな目を剝いた。

小島が厳かに宣した。

「剣客相談人の殿には、この度、南町奉行所に代わり、船手水主、太田具兵衛殿の辻斬り事件について、お調べいただいております。それがし、南町奉行所同心小島啓伍からも、なにとぞ、お調べにご協力のほどを、よろしくお願いいたしたい」

「………」

船手頭向井将監は振り向き、部下の侍たちをじろりと睨んだ。向井の顔は誰がこんなやつを入れたのだといっていた。部下の侍たちは、どうしようか、とおろおろしていた。

船手頭向井は低い声でいった。

「たしか、お調べは町奉行所ではなく、火付盗賊改与力頭の月岡玄之助様が担当なさると聞いておりますが」

文史郎は微笑みながらいった。

「火盗改は火盗改。月岡玄之助の取り調べに、それがしが口を挟むつもりはない。それがしは、相談人として依頼を受け、誰からも制約を受けず、自由に取り調べる。よろしいかな」

「………」

船手頭向井は驚いた表情で、しばらく文史郎を穴が開くほど見つめた。

文史郎は向井が大きな目であまり長い間見つめるので、尻がもぞもぞする思いだった。

そもそも剣客相談人など、なんの権威も権限もない、ただのはったりだ。名前を名乗っても、相手は何も畏れ入る必要はない。

文史郎は剣客相談人だと名乗ったものの、はなはだ居心地が悪く、落ち着かない。

「ははは。剣客相談人？　これは愉快愉快」

突然、船手頭向井将監は大声で笑い出した。釣られて文史郎も笑った。

ついで左衛門も、さらに小島啓伍までも、顔を見合わせながら笑いはじめた。

向井の後ろに控えた侍たちも、追従《ついしょう》笑いをしている。

「いやあ、参りましたな。おぬしたちには」

向井将監は笑うのをやめた。

「しかし、よくぞ、おぬしたち、のそのそと平気で江戸船手番所に乗り込んで来たな。これは畏れ入った」

文史郎も左衛門も小島も、雲行きが怪しくなったので、笑うのを止めた。

「瓦版によれば、河口に仮泊していた菱垣廻船に夜討ちをかけ、船に監禁されていた娘御たちを救出したというのは、おぬしたちだな」

「さよう」

「船上で、人攫いども相手に大立ち回りをした様子。いやはや拍手喝采でござった」

「そうでござったか」

文史郎は向井のとげのある言い方が気になったが無視して聞き流した。

「あれがほんとうのことなら、江戸湊や船運の治安を守る、それがしたち、江戸船手の面目は丸潰れ。いや参りましたな。よくぞやってくれた」

向井は嫌味たっぷりにいった。

「それは、お気の毒。それがしたちが、事前に船手番所にお報せせずに、あの船に討ち入ったのは、十人の娘たちの身柄を一刻も早く確保して救出したい一心でのこと。もし、お気を悪くなさっておられるのであれば、お詫び申し上げる」

文史郎は向井に頭を下げた。向井将監は鋭い目で文史郎を睨んだ。

「おぬしたち、いったい、幕府の誰に頼まれて、あのような夜討ちをかけた?」

「幕府の誰に頼まれたわけでもない」

文史郎は首を傾げた。変なことをいう男だと文史郎は思った。

「おぬしたちの背後にいる黒幕は分かっておる。薩摩だろう?」

「薩摩?」

「しらばくれても駄目だ。おぬしらの意図は分かっている」

向井将監は口許に笑みを浮かべた。文史郎は毅然といった。

「薩摩など関係ない。それがしたちは、相談人として、攫われた娘たちの親や家族のためにやったことだ。のう、爺」

文史郎は左衛門に同意を求めた。

「そうです。殿は剣客相談人として、娘を攫われた親から助けてほしいと依頼されてのこと。幕府も薩摩も関係ないですぞ」

左衛門は向井にいった。

「剣客相談人のう。世の中に剣客を名乗る偽者がおおぜいいる。おぬしたちも、そうした偽者ではないのか？」

向井の顔から笑みが消えた。

ふっと空気が固まった。

向井の軀が一瞬動いた。いきなり腰の脇差しを抜き放ち、上段から文史郎に振り下ろした。

文史郎も同時に傍らの刀を引き寄せた。向井の打ち込む脇差しを鞘でさらりと振り払った。

「無礼者！　何をなさる」

左衛門が叫び、刀を抜いた。後ろの小島も驚いて軀を硬直させた。

文史郎は、すかさず、刀を抜き、二の太刀を振るおうとしている向井に振り下ろした。向井の首の手前で、ぴたりと刀を止めた。

「お頭《かしら》！」

部下の侍たちは驚いて立ち上がり、脇差しに手をかけた。

「待て。手を出すな」向井は部下たちを怒鳴りつけた。

「将監、初太刀がすべてだ。二の太刀はないと思え」

文史郎は刃を向井の首にあてたまま、静かにいった。

「畏れ入りました」

向井は脇差しを前に置き、両手をついて平伏した。

「爺、引け」

「は、はい」

左衛門は向井を睨みながら刀を納めた。

文史郎も静かに刀を鞘に戻した。小島は絶句して文史郎と向井とを見回していた。

向井将監は顔を上げた。

「剣客相談人様、失礼をばいたしました。自ら剣客を名乗る者など、大した腕ではあるまい、と侮《あなど》り、腕を試させていただきました。まこと、大館文史郎様は剣客でございます」

「たわけ、将監、殿に向かって……」

左衛門が居丈高《いたけだか》に叱り付けた。

「爺、もういい。疑われて当然だ。将監が言う通り、剣客を名乗る者にろくなやつはいない」

「はい」左衛門はようやく引き下がった。

呆然として立っていた部下の侍たちが慌てて、向井の後ろで平伏した。

何ごとが起こったか、と廊下に集まってきた水主や若党たちが固唾を飲んで客間を覗き込んでいた。

「失礼の段、なにとぞ御容赦くださいますよう」

「向井殿、許すも許さないもない。どうぞ、お手を上げてくだされ。すべて、大川の水に流そうではないか」

「ありがたき幸せ」

向井はようやく顔を上げ、脇差しの抜き身を腰の鞘に納めた。

向井は後ろの部下たちに、廊下の野次馬を顎でしゃくった。

「あの者たちに仕事に戻るようにいえ」

「はい」

二人の部下は慌てて、廊下に出て、集まった者たちを散らしはじめた。

向井は打って変わった穏やかな顔で文史郎に対した。

「さきほど、殿は、火盗改をまったく怖れぬご様子でお話しなさった。月岡殿を月岡と呼び捨てにするなど、さすがお殿様でございますな」

「………」文史郎は、いまさら、おだてられてもという気分だった。向井は続けた。

「実は、それがしは火盗改のあまりの横柄さ、傲慢さには、いささか辟易《へきえき》しておりました。はじめから、それがしたちをまるで小者か罪人扱いし、少しでも逆らえば、しょっぴいて痛めつけるぞ、といわんばかり。あのような火盗改に舐められては、それがしたち江戸船手の立場がない。それがしも、男でござります。剣客相談人のお取り調べに、ぜひとも、協力させていただきましょう。なんなりと、私に訊いてくださ い」

「かたじけない」

文史郎は小島啓伍に促した。小島は向井に向き直った。

「では、さっそくだが、おぬしの配下の水主の太田具兵衛殿のことだが、辻斬りに遭って死ぬ間際、かけつけた者に、笑う傀儡を見たと言い残した。ほかにも、笑う傀儡に殺されたという被害者が何人もいる。われわれは、太田殿も、同じ下手人に殺されたと見ている。向井殿には、何か心当たりはござらぬか？」

「ある日、勘定吟味方から、菱垣廻船浪速屋の船荷に不審の儀があるので、調べるようにとの指示があったのです」

小島が口を挟んだ。

「勘定吟味方と申すと佐島弦内様ですかな」

「たしかそうです。そして、小笠原という吟味方下役が派遣されて来た」

「……小笠原新佐衛門が」

文史郎は小島と顔を見合わせた。

「大坂から、浪速屋の廻船に禁制品の阿片が積んであるという密告があったというのです。それはたいへんだ、と。それで、当方は水主の太田具兵衛を出し、密かに浪速屋の廻船すべての積み荷を慎重に調べるように命じたのです」

「なぜ、密かに調べさせたのです？」

「浪速屋の廻船の積み荷の荷主は、肥前佐賀藩です。当方が立ち入り検査するには、はっきりとした確証がないと無理なのです」

「なるほど」

「そうしたら、間もなく、太田は積み荷の中に禁制品の阿片を発見したと報告を上げて来たのです」

「ほう」

「ところが、その直後に、太田が辻斬りに遭い、殺された。それればかりか、勘定吟味方下役の小笠原殿も殺されたというではないですか。おのれ、なぜ、二人が殺されねばならぬのだ、と、我々はあらためて、浪速屋の廻船を調べようとしたら、上から浪速屋の廻船にいっさい手を出してはならぬ、とお達しがあったのです」

「なぜ、お上は浪速屋の廻船に手を出してはいかんというのですかな？」

「そのお上がいうには、その密告は薩摩の陰謀だ、というのです。薩摩が佐賀を陥れるための策謀だから、江戸船手は薩摩だけに加担してはならぬと」

「そのお上というのは、誰なのです？」

「……老中田代勝重様でした」

文史郎は小島と顔を見合わせた。

老中田代勝重は、留守居役寺島陣内と結託した寺島派だ。

寺島派は肥前佐賀藩を支援しており、その佐賀藩の江戸へ送って来た荷物を調べられては都合の悪い事情があったのに違いない。

「江戸船手としてのわれわれは弱りました。勘定吟味役佐島弦内様からは、下役小笠原殿が殺されたこともあり、どうして浪速屋の廻船の積み荷について調べないのか、とやんやといってくる。その佐島弦内様は、どうやら薩摩を支援する側用人唐沢一誠様の命を受けているらしい。われわれは、どちらの顔も立てねばならず、手をこまねいていたところでした」

「なるほど」

「そのうち、浪速屋の廻船の栄丸について、よからぬ噂が立ちはじめた。どうやら、浪速屋の廻船に娘たちを攫って監禁しているらしい、と。禁制品だけならまだしも、娘を集めて、どこかへ売り飛ばすとなると、このまま手をこまねいていいのか、と思っていた矢先に、剣客相談人様たちが問題の船に打ち込んでくれた、というわけです」

文史郎は驚いた。

「なに、それがしたちが夜討ちをかけた船が、禁制品を積んでいた浪速屋の廻船栄丸だったというのか?」

「そうです。それを御存知なく打ち込んだのですか」

向井も驚いた様子だった。

「うむ。まったく知らなかった。船の名前も知らず、まして浪速屋の船とも知らなんだ。ともあれ、われわれの手の者が、攫われた娘のあとをつけたら、あの船に辿り着いたのだ。それで、ほかの娘たちもいるはずだ、と夜襲をかけて救い出した次第だった」

「そういうことだったのですか。われわれとしては、しまった、われわれがやるべきなのに、剣客相談人たちに先を越されたという思いと、われわれができぬことを、よくぞやってくれた、という思いもあり、正直複雑な心境なのです」

向井は頭をゆっくりと振った。

小島が訊いた。

「その後、栄丸は、どうなったのです?」

「あれほど瓦版で大々的に書かれたので、われわれ船手も黙って放置しておくわけにはいかず、栄丸に乗り込んで取り調べしようとしたのです。だが、危ないと見た浪速屋はいち早く、栄丸を出航させてしまった。おそらく浪速屋は証拠湮滅《いんめつ》のため、どこかで船を沈めて処分するのではないですかな」

向井の話に、文史郎は唸った。

小島が続けた。

「その菱垣廻船問屋の浪速屋の大番頭佐久蔵が毒殺されたのを御存知でしょうね」

「もちろん、佐久蔵については、仕事柄よく知っている。太田具兵衛は、殺される前に、何度もその佐久蔵と会い、肥前佐賀藩の積み荷について、話を聴いていたはずだ。佐久蔵は真面目で正直な商人だった。きっと、太田に禁制品阿片取引のことも話したに違いない。それで、佐久蔵も毒殺されたのだろう」

「その佐久蔵も、死ぬ前に、笑う傀儡を見たと話していたそうです。おそらく、太田殿や小笠原殿を殺した傀儡師たちが佐久蔵も殺したのでしょう」

「傀儡師ですと?」向井が訝った。

文史郎がうなずいた。

「どうやら一連の殺しは琉球傀儡師の赤目一味の仕業だと分かってきたところだ」

「琉球傀儡師?　というと薩摩のためにやっているのですか?　そうだと、おかしい。彼らは佐賀のためにやっているように思うが」

向井は怪訝な顔をした。文史郎は頭を左右に振った。

「彼らは肥前佐賀藩側に寝返った琉球傀儡師たちだ。それがしたちが夜襲をかけた栄丸の船上でも、彼らの刃物を仕込んだ傀儡に襲われた」

「薩摩を憎むなら薩摩の者を襲えばいいのに、なぜ、幕府役人の太田や小笠原を襲うのですかな」

「佐賀は薩摩の密貿易の利権を奪おうとしている。その佐賀藩の密貿易を摘発しようとする役人は、佐賀の敵、つまり薩摩の味方だ。琉球傀儡師一味は、味方の佐賀の敵は敵、と見て相手を襲っている」

「なるほど、そういうことですか」

向井は唸った。

文史郎は腕組をして考え込んだ。

これは容易ならぬ事態だ。

琉球傀儡師の赤目一味は、回り回って肥前佐賀藩と結んだ留守居役寺島、老中田代勝重派の側に立って暗殺をしていることになる。

薩摩藩を応援している側用人唐沢派が、このまま黙って手をこまねいているとは思えない。いまに、どこかで反撃に転じるのに違いない。

このまま行けば、幕府を揺るがす大抗争になるのではあるまいか？

小島も左衛門も向井将監も、同じ思いに耽っているのか、一様に押し黙った。

部屋に重苦しい沈黙が訪れた。

五

あたりは薄暮《はくぼ》に覆われていた。

文史郎は左衛門とともに、重い足を引き摺り、安兵衛店の木戸を潜った。

裏店の狭い小路には、夕餉の支度の煙が薄く棚引いていた。赤ん坊の泣き声や子供たちの騒ぐ声がどこからか聞こえてくる。

文史郎はほっとした思いで、長屋の戸口に立った。

長屋の中から、のっそりと大門の黒い髯面が覗き、文史郎と左衛門を迎えた。

「おう、お二人さん、お帰りなさい」

「おお、大門、来ていたか」文史郎は腰から刀を抜きながら、土間に足を踏み入れた。

台所から飯の炊けた匂いが漂ってきた。途端に腹の虫が鳴きはじめた。

「飯の用意をしておきましたよ」

「ありがとう、大門」

「大門殿のことだから、武蔵屋の離れで、飯を食っていると思いましたが」

左衛門は文史郎が思っていたことを口に出していった。

「なんの。あの離れは弥生殿に占拠されておりましてな。それがしが弥生殿といっしょに泊まるわけにいかず、ま、出て来た次第」

「要するに、すげなく追い出されたということですな」

左衛門は辛辣なものいいをした。

大門は何もいわず、台所の釜の様子を見に行った。

「爺、大門が珍しく飯を炊いておいてくれたのだから、あまり傷つくことはいうな」

「はいはい」左衛門は笑いながら、手伝いに台所へ立った。

すでに部屋には、行灯の明かりが灯され、箱膳が三台並べてあった。それぞれの膳に焼いた目刺しの皿や芋の煮っころがしの鉢が並んでいた。

お福とお米が用意してくれたお惣菜らしい。

文史郎は水桶から杓で水を汲み、手を洗い、水を飲んだ。

戸口に人の気配がし、文史郎は振り向いた。

「殿、あっしでやす」

玉吉がのっそりと入って来た。後ろに二人の人影があった。一人は音吉だった。

「お晩です」

音吉も頭を下げた。

「おう、玉吉、音吉、ご苦労さん。で、後ろにいる、もう一人は？」

「へい。為蔵でやす」

玉吉はいい、男に顎をしゃくった。

黄昏《たそがれ》の薄暗い明かりに浮かんだ男の顔は、歌舞伎役者のように端正な顔立ちをしていた。

切れ長の目に、すっと通った鼻筋。細面の顔はまるで女形を思わせる。

「お殿様、お初にお目にかかります。為蔵と申します」

為蔵は文史郎に頭を下げた。月代を剃っていない様子で、うっすらと髪が生えていた。

「玉吉、おぬしたち、飯は？」

「為蔵は食ってないんで、何か食わしてやってくれませんか。あっしらはでえじょぶですが、こいつ、二日ぐらい逃げ回っていて、ろくに何も食ってねえらしいんで」

玉吉はそういい、為蔵を見た。為蔵は箱膳を見て、喉をごくりと鳴らした。

玉吉も音吉も見るからに、腹を空かしている様子だった。

「分かった。ちょうどいい、三人分、飯が用意してある。玉吉、音吉、おまえたちも食してないんだろ」

「へい、まあ。でも、こいつほどではねえんで平気です。な、音吉」

「へい」音吉も静かにうなずいた。

文史郎は左衛門を振り返った。

「大丈夫です。大門がだいぶ余計に飯を炊いておいてくれましたんで」

「じゃあ、三人分、よそって食わせてやってくれ」

文史郎は大門にいった。

「………」

大門はどきりとして文史郎を見た。

ちょうど大門は炊き上がった雑穀混じりの飯を杓文字で、どんぶりによそっているところだった。

「いいな、大門」

「はい。はい」

大門は三個のどんぶりに乱暴に飯をよそった。

「玉吉、遠慮するな。おまえが遠慮すると、為蔵も音吉も食べられないぞ」

「でも、殿様たちは？」

「わしらは、あとでゆっくり食べる。おぬしらが先だ」

「殿、すんまへん。じゃあ、遠慮なく」

玉吉たちは恐縮しながら畳に上がり、それぞれ箱膳の前に正座して座った。

左衛門が椀に、湯気の立つ味噌汁を入れて、箱膳に運んだ。

「左衛門様、ありがとうございやす」

「いただきやす」

玉吉たちは口々にいいながら、どんぶりを手に取った。たくわんや目刺しをおかずに、一斉にどんぶり飯を箸で掻き込みはじめた。

「おう、みんな、若いんだから、しっかり食えよ。飯はいくらでもあるぞ」

「へい」

玉吉は頭を下げ、夢中で飯にぱくついている。

玉吉たちは何杯もお代わりをして、膳の上の物をすべてきれいに平らげた。

文史郎は三人の様子に目を細めた。若い連中が食欲を満たす様は、見ていて微笑ましい。

「殿、ちょっと」

左衛門が台所から声をかけた。振り向くと左衛門は空になった釜の底を見せた。

大門が板の間に座り込み、がっくりと首を落としている。

「もう一度、飯を炊きます」

文史郎はうなずいた。左衛門は釜に米と雑穀を入れ、外へ出て行った。

「……馳走さんでやす」

玉吉が一番先に食べ終わり、膳に向かって合掌した。続いて音吉が箸を置いた。為蔵はまだ食べている。

頃合いを見て、文史郎は玉吉に尋ねた。

「よく為蔵を捕まえたな」

「実は、この為蔵の野郎、弥生様を拐かすところまではうまく事を運んだんですが、まさか、あっしらにつけられているということには気付かなかった。それで、あっしたちに夜討ちをかけられ、何人もの死傷者を出したばかりか、せっかく拐かした娘たち全員を奪われてしまった。それで、やつら、為蔵が裏切り、娘たちを解放するよう、わざと仕組んだのではないか、と疑ったらしいんで」

「なるほど。で、捕まりそうになったというのか？」

「そうなんで。捕まったら、殺されるってえんで、やつらの手が届かないようなところへ逃げ出した。それをあっしらが嗅ぎ付けて、為蔵を捕まえたんです。そんで、訳を話し、しばらく遠くへ逃がしてやるから、あいつらの話を聞かせろと、連れて来たんです」

「そうか。でかした。玉吉」

「へい、ありがとうごせいやす。でも、この為蔵の野郎、女衒でいい稼ぎをしていたので、少し逆上《のぼ》せ上がっていたんで、いいクスリになるってもんです」

「……馳走さまでした」

為蔵もようやく飯を食べ終え、箸を置いた。

為蔵は落ち着かなく、しきりに外を気にしている。

「大丈夫だ。わしらが守ってやる、安心せい」

「へい」為蔵は首をすくめた。

「為蔵、話を聴こう。まず、おぬし、いったい、肥前佐賀藩の誰に雇われて働いておったのだ？」

「江戸家老の江藤様です」

文史郎は左衛門と顔を見合わせた。

増田屋多兵衛から聞いた名前だ。

「江藤鮫衛門か？」

「へい。江藤様は、お庭番の頭領もしてやして、あっしはお庭番の島原《しまばら》という小頭《こがしら》の下で、手配師のようなことをさせられていたんです」

「娘の拐かしの手伝いか？」

「へい」為蔵は上目遣いに文史郎を見た。

「あっしは嫌だったんですが、少々金も良かったんで」

「為蔵、おまえはどういう役目だったのだ？」

「江藤様は、あっしにいったんです。江戸で評判の綺麗な娘を十人ほど選りすぐって集めてくれと。あっしは美人に目をつけるだけでいい、という約束だったんですが、拐かす手筈までやらされるようになったんでさあ。もし、嫌だといったら、おまえは知りすぎているから、これだぞ、と島原に脅されたんです」

為蔵は首を掻っきる仕草をした。

為蔵は腹がくちくなったので、元気が出たのか、饒舌だった。

「集めた娘たちを江藤はどうするつもりだったのだ？」

「密かに南蛮か、清《しん》の商人に売り飛ばすつもりだったらしいんで」

「なにい、娘たちを南蛮や清に売り飛ばすだと！　けしからんな」

大門が文史郎の後ろから怒声を上げた。

為蔵は驚いて逃げようと腰を上げかけた。

「大門、静かにしろ。いま為蔵から話を聞いているところだろう」

文史郎は大門を諌めた。大門はぶつぶついいながら、後ろに胡坐をかいて座った。

「腹減った。力が出ん」

台所では左衛門が竈の火を強め、飯を炊きはじめていた。

「どうして、そんなことをするのだ？」

「日本の綺麗な生娘《きむすめ》は、異人や清の金持ちに評判がいいらしいんで、高く売れるそうなんです」

「おのれ、弥生殿をそんな目に遭わせようとしたのか。許せん」

大門がまた息巻いた。文史郎は大門に落ち着けと手で制した。大門は力なく座り込んだ。為蔵はびくついていた。

「肥前佐賀藩は、そんな人身売買までして金儲けをしようとしていたのか？」

「いえ、江藤家老は、娘たちを人身御供に出し、その引き換えに、異人たちから阿片売買の利権をもらうつもりだったらしいのです」

「わしらはあの栄丸を急襲して、江藤の目論《もくろ》みを潰したというわけだな」

「そうなんです。あの栄丸は、翌早朝には出航する予定だったんです。それで、用心棒の島原たち、それから船頭はじめ、水手《かこ》たち、みんなで陸に上がり、朝まで遊んでいた。あっしはお役目御免になるので、これからどうなるのか、とひやひやして、島原たちと酒を飲んでました」

「では、わしらが船を急襲したのは、ぎりぎり出航前に間に合ったのだな」

「あっしは内心、正直ほっとしました。あっしが目を付けたお嬢さんたちを南蛮なんかに売り飛ばすなんて、やっぱりあっしにはできねえって。だけど、誰が裏切ったのだろう、と島原が言い出して、あっしが疑われると思い、うまく逃げ出したんです」

文史郎は顎をしゃくった。

「為蔵、家老の江藤の下に、琉球傀儡師がいたろう」

「へい。いました。島原の手下たちといっしょに働いてました。あっしも、やつらがからくり傀儡を操って人を殺すのを、この目で見ましたんで、ぞっとしましたよ」

「どこで見たのだ？」

「一度は掘割で待ち伏せして、二人の侍と船頭までも殺した」

「小笠原新佐衛門の事件だな。ほかには？」

文史郎は唸るようにいった。

「人形芝居小屋で、桟敷で見ていた侍を殺ったときでしたね」

文史郎は左衛門と顔を見合わせた。

「坂崎慎蔵の殺しも見たのか」

「それからもう一件、あれは江戸船手の水主を、待ち伏せてばっさりと」

為蔵はその光景を思い出してか、ぶるっと身震いした。

「傀儡師たちは何人ぐらいいたのだ？」

「あっしが知る限りでは、頭領を含めて三人でしたね。男二人に女一人」

「頭領は、なんという名前だ？」

「渡嘉敷次郎兵衛でしたね」

文史郎は左衛門と、うなずき合った。

渡嘉敷太造から聞いた弟の名だ。

「その渡嘉敷次郎兵衛は、どんな男だった？」

「小太りで、見かけは穏やかな大人《たいじん》なんですが、次郎兵衛は見かけと違って冷酷無比な男なんです。大義のためなら、平気で人を殺すことができる男です」

渡嘉敷太造も、確かに見かけは他人に優しい好々爺に見えた。

「大義のため？」

「へい。琉球王朝を薩摩から独立させたい、といってましたね」

「そうか。琉球王朝の独立か」

「それで薩摩に双子の兄を殺されてからというもの、次郎兵衛は兄の仇を討つため、薩摩人ばかりか、薩摩側とみる人を次々殺しはじめたんです」

「なに？　渡嘉敷次郎兵衛には双子の兄がいたというのか？」

「兄というのが琉球独立を穏やかに主張する指導者だったそうで、みんなから慕われていた。過激派だった弟の次郎兵衛も兄を尊敬していたらしい」

「その兄の名は？」

「……たしか、渡嘉敷太造だった」

「なんだと、まことか？」

文史郎は左衛門と顔を見合わせた。

「どうした？」

大門が訝った。

文史郎は呻くようにいった。

「では、それがしたちが会った渡嘉敷太造は、いったい、誰なのだ？」

「どういうことですかな？」

左衛門も唸るようにいった。

大門は怪訝な顔で文史郎と左衛門を見ていた。玉吉も為蔵も音吉も訳が分からず、きょとんとしていた。

「為蔵、おぬしは坂崎慎蔵殺しのとき、芝居小屋で見ていたと申していたな。どうして、小屋にいたのだ？」

「どうしてって……」

為蔵は口籠もった。

「あの琉球一座は、赤目一族の格好の隠れ蓑みたいなもので、芝居小屋が根城の一つだったんでさあ。だから、あっしも島原たちに連れて行かれ、あそこから出発したんです。隠し倉が本城として、芝居小屋は出城みたいなもの」

文史郎はなんてことだ、と心の中で呻いた。

「では、あの琉球一座の座長は……」

「もともとは兄の渡嘉敷太造が座長でしたが、太造が殺られたあとは、弟の次郎兵衛が引き継ぎ、太造の名を名乗って興行しているんです」

為蔵ははっきりした口調でいった。

文史郎は一瞬、呆然とした。

「では、頭領の手下である男と女の傀儡師というのは？」

「女は娘の知花、男は一の子分の島吉です」

あの綺麗な知花が、渡嘉敷次郎兵衛の娘で、しかも一連の殺しを行なっていたというのか？

文史郎は唖然とし、左衛門や大門の顔を見た。

左衛門も大門もまだ信じられないという顔をしていた。

沈黙の時がしばらく流れた。

文史郎は、気を取り直した。

ほかにも訊くことがある。

「為蔵、家老の江藤は、どこに阿片を隠しているのか存じておるか？」

「へい。品川の隠し倉屋敷です」

左衛門は懐から折り畳んだ絵地図を出して拡げた。

文史郎が品川のバツ印を指差した。

「ここか？」

「へい。ここのはず。品川沖で、あの栄丸からいくつもの大事そうな積み荷を艀に移し、倉屋敷へ運んだと親しくなった水手《かこ》がいってやしたから」

文史郎はもう一つのバツ印を差した。

「江戸湊に近いところにも隠し倉があるが、こちらではないのか？」

「ああ、こっちは、あっしも見ました。密輸品の青磁や白磁などの陶磁器、美術品なんかがいっぱいありましたが、阿片はなかったと思います。阿片は独特の匂いがしますんで、一度でも嗅げば、すぐに分かるんで」

文史郎は玉吉に向いた。

「玉吉、音吉、明日、念のため、これらの倉の所在を調べておいてくれ」

「へい」「へい」

玉吉と音吉は目を凝らして絵地図を眺めていた。

「大門、爺、明朝早く、我々は人形芝居小屋へ乗り込もう。為蔵の証言の真偽を確かめる。念のため、小島たち奉行所の捕り手たちの出役《でやく》を頼んでおこう」

「分かりました」左衛門はうなずいた。

「おう、明日は正念場になるな」

大門は腕を擦った。

「それにしても、腹が空いた。爺さん、そろそろ飯が炊き上がるのではないか？」

大門はそそくさと台所に立ち、竈に掛けた釜の様子を窺った。

左衛門が為蔵に向き直った。

「ところで、為蔵、おぬしは武蔵屋康兵衛の娘、お康を知らないか？　やはり綺麗な娘でな、行方知れずになっているのだ。てっきり、おまえたちに拐かされたかと思っておったのだが」

「お康さんねえ。……いえ、知りません。名前も聞いたことがない」

為蔵は頭を左右に振った。その目は嘘をついていなかった。

「ならば、いい」

左衛門は溜め息をついた。

文史郎も、お康はいったい、どこに消えたかとあらためて心配になった。

六

翌朝、早起きした文史郎たちは、朝食もそこそこに、玉吉と音吉が漕ぐ二艘の猪牙舟に分乗し、両国橋の広小路へ向かった。

広小路は、まだ朝の早い時刻ということもあって、見物客の姿はほとんどない。それでも、露店を開く準備をする商人や、両国橋を渡って川向こうの現場に向かう大工や鳶たちが群れをなして広小路を横切って行く。

文史郎たちは、からくり人形芝居小屋の前に立った。

若い座員たちが小屋の周りを掃除したり、琉球一座の幟や板看板を並べたりしている。

表の出入口の筵の戸はまだ硬く縄で杭に縛られており、開いていなかった。

文史郎たちは、裏口に回った。

裏口では、数人の座員たちが集まり、何ごとかを話し合っていた。その中に丸坊主の仁太の姿があった。

「仁太、座長はいるか?」

文史郎は顔見知りの仁太に声をかけた。

「あ、剣客相談人の旦那たち、朝早く、いったい、どうしたというんですかい」

仁太は不審顔で、大門や左衛門、玉吉たちを見回した。

「座長に用があって来た。すぐに会いたい」

「それが、座長の姿がねえんで、あっしらも困っているんで」

「なに?　いない?」

文史郎は小屋の裏口を見た。

「そうなんです。座長と、島吉やん、知花さんの三人が、どっかに出掛けたまま、帰って来ないんです。それで、どうしようか、とみんなで相談しているんです」

文史郎は左衛門と玉吉たちに目配せした。

「念のためだ。調べさせてもらうよ」

左衛門は玉吉と音吉を連れ、急ぎ足で小屋へ入って行った。

「いったい、座長たちは、どうしたというのだ？」

「旦那、助けてくださいよ。座長たちがいなかったら、人形芝居もろくにできない。どこへ行ってしまったのか、捜して来てくれませんか？」

「あたしたち、江戸は初めてだから、座長たちを捜しようがないんです」

「お願いします」

ほかの座員たちも口々に懇願した。

文史郎は戸惑いながら訊いた。

「座長が逃げ出すような兆候は何かなかったか？」

「へい。一つだけありやす。昨日、火付盗賊改の月岡様から座長に呼び出しがかかったんです。本日迎えを寄越すから、火盗改の役所に出頭するようにと。まさか、座長は出頭するのが嫌さに逃げ出したとは思わねえんですが。座長は火盗改に呼び出され、取り調べを受けるような悪いことはしてねえと思うんですがね。だから、いったい、どうしちまったのだろうと、みんなで話し合っていたんですよ」

左衛門と玉吉たちが裏口から出て来た。

「どこにもおりません」

左衛門は首を横に振った。

「ね、嘘じゃねえでしょう？　旦那様たち、お願いだ。座長たちを捜してください。お願いします」

仁太は深々と頭を下げた。ほかの座員たちも、いっしょに文史郎たちに頭を下げた。

「どこにいるのか、心当たりはないのか？」

「いつも出掛けるときには、座長と、知花、島吉の三人だけなんで、あっしらには何も分からないんですよ」

仁太は泣きそうな顔でいった。

文史郎は、拍子抜けした思いで、座員たちの懇願を聞いていた。

座長たちは、いったい、どこへ逃げたというのだ？

おそらく、火盗改から呼び出しがかかり、身の危険を感じて逃げ出したに違いない。

もしや、佐賀の隠し倉屋敷に逃げ込んだのではないか、と文史郎は思った。

文史郎は、玉吉と音吉に、小声で指示を出した。

「おそらく、隠し倉屋敷に、座長たちが隠れているかもしれぬ。見つからぬように、うまく調べてくれ」

「へい。分かり次第、どちらかが長屋へ戻って報告します」

玉吉と音吉はうなずき、踵を返して、去って行った。

「大門、おぬしは長屋に戻り、玉吉たちが戻って来るのを待機していてくれ」

「承知した。で、殿たちは？」

「八丁堀の小島の所へ行く」

「分かった。では、後ほど」

大門もぶらぶらと歩き去った。

仁太は、なおも文史郎と左衛門に懇願していた。

「分かった。座長たちの行方を捜してみよう。だが、あてにするな」

文史郎は仁太に答えた。

七

文史郎は左衛門を連れ立ち、その足で南町奉行所の小島啓伍を訪ねた。

「実はな、いま分かったことだが……」

文史郎は、小島に為蔵から聞いた話や、琉球一座の座長たちが姿を消した話をした。

小島は驚いた表情で聞いていた。

「そうですか、やつらが、下手人だったのですか。驚いたな。そんな風には見えなかったのだが。分かりました。こちらも琉球一座の座長たちの行方を調べてみましょう。ところで、こちらも、殿に報告したいことがあります。同僚を呼びますんで、少々お待ちを」

小島は客間から出て行ったが、すぐに同年配の若手の同心二人を連れて戻って来た。

「殿、この二人は安東太郎兵衛《あんどうたろべえ》と税所隼人《さいしよはやと》。信用のできる同僚です。今度のことで、芝居小屋の桟敷で殺された坂崎慎蔵について、密かに調べてもらってます」

「おうそうか」

文史郎は左衛門を二人に紹介した。

「さっそくだが、何か分かったかな？」

安東が帳面を手に話しはじめた。

「坂崎慎蔵様は長崎奉行支配組頭の吟味役でしたが、いろいろ聞き回ってみましたところ、お役目柄、いろいろ悪業が出てきました」

「悪業だと？」

「組頭吟味役は長崎奉行に代わって、外国貿易の監視や取り締まりをするわけですが、密貿易を見逃してもらいたい藩がいろいろ付け届けをするわけです」

「つまり、賄賂か」

「そうです。坂崎様に賄賂を渡して、取り締まりを緩めてもらっているのは、肥前佐賀藩だけでなく、最たるところは薩摩藩。この度、坂崎様が長崎からわざわざ江戸に来ているのは、薩摩の招きでした」

「ほう、薩摩の招きだったのか」

「はい。薩摩はこのところ、幕府から公認されている琉球貿易が、今年多かった台風の影響などもあり、不調だった。しかも、薩摩の琉球貿易は、競争相手の肥前佐賀藩の密貿易に押され気味だったのです」

「なるほど」

「そこで、薩摩は坂崎様を江戸に招いて、多額の賄賂を渡し、高級料亭や廓で、毎日のように饗応して遇していたのです。琉球一座のからくり人形芝居見物も、坂崎様の奥方のたっての願いで行なわれたものだった」

「薩摩がそんなにまで坂崎を歓待した狙いはなんなのだ？」

今度は税所が代わって答えた。

「薩摩藩は、坂崎様に肥前佐賀藩の密貿易の取り締まりを強化するように頼んだそうです。これ以上、肥前佐賀藩の密貿易に、薩摩の利権である琉球貿易を荒らされたくなかったためです。坂崎様は承諾し、肥前佐賀藩の貿易を取り締まる約束をした」

「なるほど、そうか。それで、坂崎は琉球傀儡師赤目一味に殺されたのか」

文史郎は腕組をして考え込んだ。

「寝首を掻かれた大目付の配下、与力笠原主水典様については、何か分かったかな」

安東は帳面をめくりながらいった。

「笠原主水典様も、大目付配下の与力というお役目柄、肥前佐賀藩や筑前福岡藩、肥後熊本藩など九州北部の各藩の民情、政情、財政などを調べていたらしいのですが、最近、特に肥前佐賀藩の何かに目を付け、調べを始めたそうなのです。その矢先に、屋敷で寝込みを何者かに襲われ、暗殺されてしまった」

「何に気付いたというのだろう？」

「それは、上司の大目付でなければ分からぬことでして、われわれ町方奉行所の平同心では、分かりかねます」

税所は頭を振った。

文史郎は左衛門にいった。

「そのあたりは、もしかして、兄者なら何か御存知かもしれないな」

文史郎の実兄松平義睦は、いまも大目付の役に就いている。

「そうですな。お会いになれば、お話ししていただけるのではないですかな」

安東と税所は文史郎に頭を下げ、退室しようとしていた。

「二人とも、御苦労だった」

文史郎は礼をいった。二人は、小島に挨拶して、そそくさと引き揚げて行った。

二人が出て行くのを待っていたように、忠助親分と末松が部屋の出入口に現れた。

小島が二人を部屋に招き入れた。

「ご苦労さん。入ってくれ。分かったことを、殿に報告してくれ」

文史郎も二人に労いの言葉をかけた。

「お康の足取りは分かったかい？」

「いえ、それが殿様、お康さんの足取りが広小路の両国橋あたりでぱったり消えているんでさ。もしかすると舟に乗せられて、どっかへ連れて行かれたんじゃねえか、と船頭たちに軒並みあたっているんですが、まだあたりがねえんで」

忠助親分は腕組をして首を捻った。隣で末松がそっくり同じ格好で腕組をし、首を捻る。

「ですがね。一つだけ分かったことがあるんです」

「何かな？」

「広小路の雑踏の中で、顔見知りの行商人がお康さんを見たというんでさあ。そのとき、お康さんは一人でなかったというんです。若い男と楽しそうに話しながら歩いていたってえんです」

「なに？　それは、人形芝居小屋から逃げ出したあとのことか？」

「それが行商人の記憶では、はっきりしねえ。ひょっとするってえと、あの事件のあとかもしれねえ。あるいは、事件の前かもしれねえと、あやふやなんでさあ」

「あの日の前か後か分からないというのが難だが、お康さんには、親も知らない、付き合っていた若い男がいたということだな」

「へい。そういうことでして」

「そうか。おもしろい。忠助親分、末松、悪いが、さらに聞き込んでくれぬか」

「へい、分かりやした。もう少し時間をくだせえ。調べを進めますんで」

「忠助親分、頼むぞ」

小島も脇から声をかけた。忠助親分と末松は腰を何度も折りながら、部屋を出て行った。

八

大目付松平義睦の広い屋敷は、静まり返っていた。

突然に文史郎が押し掛けたので、兄の松平義睦は少し驚いていたが、「しばらく奥で待て」と言い置き、客間に出て行った。

誰か、要人が訪れているらしく、文史郎は用人に案内され、奥の書院に通された。

松平義睦が普段、執務にも使っている部屋で、帳簿や資料などが洋式の机の上に堆《うずたか》く積まれてある。

書院の壁には白洲が見える丸い窓があり、そこから庭の池をわたる涼しい風がそよいで来る。

床の間に飾られた大きな西洋時計が静かに時を刻む音だけが響いていた。

文史郎は、それがどういうからくりになっているのか、と思いめぐらせた。だが、皆目見当も付かない。

左衛門は座椅子に寄り掛かり、舟を漕いでいる。このところ、左衛門は歳も考えず、文史郎といっしょに、昼夜違《たが》わず駆けずり回っていたので、さすがに疲労困憊したのだろう。

やがて、廊下に足音がし、襖が音もなく開いた。左衛門がはっとして目を覚ました。

「待たせたな」

兄者の松平義睦は、羽織を脱ぎ、西洋式の椅子の背もたれにかけた。腰の小刀を抜き、床の間の刀架けに掛けた。

畏まって正座した文史郎と左衛門に、松平義睦は自ら膝を崩し、座布団の上に胡坐《あぐら》をかいて座った。

「おまえも爺も楽にせい。おれも楽にする」

「はい」

文史郎は遠慮せずに、兄者の前に胡坐をかいて座った。左衛門はようやく目が覚めた様子で、膝を崩さず正座した。

松平義睦は気さくに話しかけた。

「いったい、今日はどうした。いつも、突然にやって来ては、厄介な話を持ち込んで来るが、今日もその伝《でん》か？」

「はい。実は、昨今のお上の御政道について、お話をお聞きしたくて」

「なんだ、単刀直入にいいえ。忙しい。あまり時間もない」

「幕閣内の対立について、少々目にあまるのではないか、と思いますが」

「幕閣の中の対立については、それがしの手にあまるぞ。みな上の方々だからな」

「それが、薩摩藩と肥前佐賀藩の対立暗闘にまでなっておりますぞ」

文史郎は本題に入った。松平義睦は足を揉みながら、首を捻った。

「なんのことだ？」

文史郎は一連の傀儡による殺しの事件や、十人に上る娘たちが肥前佐賀藩の手の者に攫われ、危うく南蛮や清に売り飛ばされかけたことなどを縷々話して聞かせた。

「大目付財前雄之丞様の配下の与力笠原主水典殿が、何者かに屋敷で寝首をかかれましたな。笠原殿は殺される前に肥前佐賀藩の政情、財政事情などを調べていたと聞いてます。何があったのか、兄上にお聞きすれば、教えていただけるのではないか、とお訪ねした次第です」

「…………」

松平義睦は黙った。どこまで、話してもいいか、と迷っている様子だった。文史郎はじっと待った。

「実はな、おぬしにいわれるまでもなく、大奥のお局を巻き込んだ留守居年寄衆寺島陣内殿と老中田代勝重様たちの派と、側用人唐沢一誠様の将軍お側衆の対立には、老中阿部正弘《あべまさひろ》様をはじめ、われわれも頭を痛めておるのだ」

「やはり」文史郎はうなずいた。

松平義睦は続けた。

「幕府が暗黙のうちに公認している肥前佐賀藩と薩摩藩の外国貿易に関して、両藩が、それぞれに幕閣内のふたつの派の支援を受けて、熾烈な争いをしていることも、御上のお耳に達している。御上は肥前佐賀藩の一部家臣たちによる行き過ぎた行動に激怒なさり、そのため命を落とした被害者たちにはなはだお心を痛めておられる」

「一連の殺しの下手人については、分かっているのでしょうか？」

「いま目付与《あずか》りになり、火盗改が調べておるはずだが」

「火盗改はあまりあてになりませんぞ」

「ほう。なぜかな？」

「怪しいと見た者を捕まえ、拷問にかけ、白状させる。そのやり方は、一歩間違えば、無実の人間に自白を強い、やってもいない罪を白状させて、犯人に仕立ててしまう」

「火盗改を信じられないというのか？」

「はい」

「凶悪犯に対峙《たいじ》するには、時に非情さや冷酷さも持たねばならぬのではないか？」

「確かに、そうです。だが、火盗改は、いつも非情で冷酷さを誇り、それで人を怖れさせてよかれとしている。それでは、人々は火盗改を信頼することはないでしょう」

「ともあれ、火盗改ではだめだとして、誰が一連の殺しの下手人を知っているというのか？」

「それがしたちです」

松平義睦は笑い出した。

「そうか。おまえたちが下手人たちを特定したというのか。いったい誰だというのだ？」

「肥前佐賀藩江戸家老江藤鮫衛門を頭とするお庭番と、彼らの手先になって傀儡を使い、人殺しを重ねている琉球傀儡師赤目一族です」

「そこまで分かっているというのか」

松平義睦は驚いた顔になった。

「ほんとうにその者たちに、間違いないな」

「間違いはありませぬ」

「いま、どこにおる？」

「下手人の赤目一族は、おそらく品川にある肥前佐賀藩の隠し倉屋敷に逃げ込んだのではないか、と」

「なんだ。まだ所在は分からぬのか」

「いま手の者に、その品川の隠し倉屋敷を調べさせています。今日中には、そこに居るか居ないかが分かるでしょう」

「そのことも、目付に伝えておこう」

文史郎は膝を乗り出した。

「その隠し倉屋敷に関して、いま一つ。肥前佐賀藩江戸家老江藤鮫衛門が、密貿易の利益を上げるため、異国から阿片を輸入しているということが分かりました。その事実を、御上は御存知なのでしょうか？」

「いや、おれも初耳だ」

「では、兄上も、すでにお聞き及びかと思いますが、大奥では阿片が出回っているとか。阿片中毒者の礼儀見習いが奥払いとなり、家に帰されたものの、気がふれており、大川に飛び込み、溺死体で揚がったそうですが」

「その噂は聞いた。目付が調べておろう。誰が阿片を大奥に持ち込んだかも分からず、噂だけでは、なんとも処断のしようがないのだ。もし、証拠の阿片があれば、藩主を呼び、それらを突き付け、なんらかの処置をするよう命令することはできようがのう」

「阿片の隠し場所も分かっております」

「ほんとうか？」

文史郎は左衛門に目配せした。左衛門は懐から絵地図を取り出し、その場に拡げた。

「このふたつのバツ印は、肥前佐賀藩の隠し倉屋敷です。そのうち、品川の隠し倉に、最近、阿片と思われる積み荷が運び込まれたということです」

文史郎は絵地図のバツ印を指差した。

「確かか」松平義睦は訝った。

「信用してくだされ。それがしたちが乗り込み、阿片を摘発してみせましょう」

「おぬしたちだけでか？」

「いえ。南町奉行所の力を借ります」

「しかし、その隠し倉屋敷には、お庭番や傀儡師一味がいて、阿片を守っているのだろう？　どうやるというのだ？」

「それがしたちが内部に打ち込み、彼らを追い出す。周りを固めた捕り手が出て来た者を捕えるのです」

「奉行所の捕り手では役不足だろう。相手はお庭番や傀儡師一味だぞ。ここは火盗改の出役だろう。おぬしたちでなく火盗改に打ち込ませる」

「しかし、兄上、隠し倉屋敷は、肥前佐賀藩の屋敷でござる。もし、火盗改が肥前佐賀藩の了解を得ずに打ち込めば、藩への戦を仕掛けることになり、後々問題になるのでは？」

「各藩の正式に認められた藩邸は、幕府に届けてある。隠し倉屋敷は、非合法の隠れ家でしかない。火盗改が凶悪犯を召し捕るため、そして禁制品の阿片を押収するためなら、十分に打ち込む理由になろう」

文史郎は、理屈の上では、兄者の方に分がある、と思った。左衛門も隣で尻をもぞもぞしていた。

文史郎はうなずいた。

「分かりました。やむを得ません。火盗改の力を借りましょう。ですが、その場合、お願いがあります」

「なんだ？」

文史郎は、松平義睦に膝行し、条件を耳打ちした。

九

陽が落ちるにはまだ早い。

先刻、近くの寺の鐘が、暮れ六ツ（午後六時）を告げたばかりだ。

空には、いまにも泣き出しそうな雨雲が拡がっていて、夕陽を遮り、宵の闇がいつもより早く訪れはじめていた。

文史郎は裏口に面した狭い通路に立っていた。

通路の先は海岸の松林だ。後ろに行けば、火盗改が待機する寺の境内になる。

隠し倉屋敷は、品川の海に面して建っており、海側以外の三方を囲んで築地塀が建っていた。

張り込んでいた玉吉と音吉二人の報告を合わせると、出入口は海側の庭と、山側の表門、それに左隣の武家屋敷との狭い路地に面した裏口の三ヶ所しかない。

海側には古い桟橋が二本延びており、艀が数隻接岸できるようになっている。

倉屋敷といわれる通り、海側に白壁の土蔵が二棟並んで建っている。庭に忍び込んだ玉吉によれば、右手の倉の出入りはなく、使われている様子はない。

左手の倉は厳重に扉が施錠してあり、見回りの侍も、左手の倉の周りに異状はないか、と見て回るので、こちらに阿片が入れてある、と玉吉は判断した。

屋敷は平屋の武家造りで、部屋数は十間ほど。元厩だった小屋と、風呂場の小屋がある。

屋敷への人の出入りは、ほとんどなく、中にいる人数は十人、多くても十二人と、玉吉は判じた。

文史郎は玉吉の判断を信じた。

隠し倉屋敷から一丁ほど離れた寺の境内に、火盗改の捕り方たちがぞくぞくと集結している。

品川沖にも、すでに火盗改の捕り方たちを乗せた艀が五、六隻、待機し、いつでも隠し倉屋敷の桟橋に駆け付けることになっている。

文史郎たちが合図を出せば、火盗改たちが一斉に、裏口がある通路以外の三方から倉屋敷に押し寄せる。築地塀に梯子を掛けて乗り越え、一気に打ち込む手筈になっている。

屋敷を遠巻きする形で、火盗改の武装隊が辻辻を押さえ、路地に集まりつつあった。夜暗くなるまでに、ほぼ包囲網は完成する。

文史郎たちが合図を出さなくても、屋敷の者たちが寝静まるだろう夜四ツ（午後十時）には、月岡玄之助の指揮の下、火盗改は夜襲をかけることになっている。

つまり、それまでは、文史郎の自由というのが、月岡玄之助たちに無理に飲ませた条件だった。

通路の両側には築地塀が立ち、海辺まで続いている。武家屋敷は両側とも森閑として静まり返っている。

築地塀の瓦屋根越しに、黒々とした松の枝が張り出し、さらに通路の暗さを増していた。

「出て来ますかね」

脇から小島が文史郎に囁いた。

「きっと出て来る」

文史郎は確信を持っていった。

大門、左衛門も、すでに襷掛けになり、いつでも闘える用意がしてある。

加えて、小島をはじめ、安東、税所たち奉行所の同心が白襷で控えている。

「投げ文には、なんと書いたのです？」

大門が静かに訊いた。左衛門が文史郎の代わりに答えた。

「渡嘉敷次郎兵衛宛てに、剣客相談人からの最後通牒だ。屋敷の三方は火盗改が包囲した。残る裏口の通路だけは、逃げ道として空けてある。そこにて立ち合え、と」

あたりが一挙に暗くなった。どうやら、陽が落ちた様子だった。

どこかで、ぴっと犬笛が鳴った。敵が動き出したという玉吉の合図だ。

文史郎は足を止めた。

殺気。それも猛烈な殺気が押し寄せて来る。

文史郎の右手の左衛門も停まった。

左手の大門も六尺棒をしごいた。

後ろの小島、安東、税所たち三人も、一斉に刀の柄に手をかけた。

暗さを増した道の先に、黒い影が蹲っているのが見えた。

その黒い影がゆらゆらと立ち上がった。

猛烈な殺気が、その影の周辺から発せられている。

人影は不意に立ち上がった。ゆらめきながら宙を飛んで来る。手には鈍く光る刃が見えた。

「からくり傀儡だ。みな、気を付けろ。めくらましに引っ掛かるな」

文史郎は叫び、鯉口を切った。

「爺、大門、下がれ。それがしに任せろ」

文史郎はついっと前に出た。

人影が文史郎にふわっと飛び掛かる。

宙に浮いた傀儡。かっと口を開くのが見えた。

「そこだ！」

瞬間、文史郎は刀を抜きざまに、傀儡の頭上の空間を切った。

手応えがあった。傀儡の軀はふらっと右に傾き、そのまま地面に崩れ落ちた。

文史郎は上空から襲ってくる黒い小さな影に気付き、刀で切り落とした。

刀と刀のかち合う金属音が立った。

薄暗がりに、童子の傀儡が回転しながら、通り過ぎるのが見えた。胴体から突き出た刃が軀の回転に合わせて回転し、文史郎に切りかかる。

突然、松の枝の上から、ふっと息を吹く気配を感じた。文史郎は咄嗟に刀で避けた。

刀が何かを弾いた。だが、逸れた何かが首筋を擦った。

吹き毒針か。

文史郎は首筋を押さえた。ぬるっとした血が手についた。文史郎はわざと傷口をかきむしった。

わざと血を出し、毒を外に流し出す。それしか、いまは手がない。

そのとき、振り子のように振れた童子の傀儡が刃をきらめかせながら、文史郎に戻って来るのが見えた。

刀で童子の傀儡の上を払った。

刀は空を切って流れた。足許がよろめいた。

軀が少し痺れはじめていた。刀を持つ手がやけに重い。やはり毒針だ。だが、擦っただけだ。毒はあまり軀に入っていない、はずだ。

また分銅のように童子の傀儡が文史郎に襲いかかる。

辛うじて体《たい》を沈め、童子の傀儡を避けた。

文史郎は揺れる童子の傀儡が夜目にも、くっきりと見えた。笑っている。傀儡がけたけたと笑っている。

毒の催す幻だ、と文史郎は思った。

文史郎は痺れかけた手足を伸ばし、笑う傀儡に立ち向かおうとした。

「殿、御免」

大門が文史郎を突き飛ばした。文史郎は転がりながら、傀儡がけたけたと笑うのを聞いた。

大門が六尺棒を振るい、童子の傀儡を叩き落とした。ついで、五、六人の人影が築地塀の屋根からばらばらっと飛び下りるのが見えた。

「御用だ！　神妙に御縄につけ」

後ろから喚声を上げて、小島たちが殺到した。

左衛門も大門も、影たちと激しく立ち回る。

相手は無言で刀を振るい、応戦しはじめた。

「佐賀者か」

文史郎は大刀を地面に突き刺し、軀を支えた。

じっとしていると、だんだんと痺れが薄れて来る。あまり動かぬ方がいい、と文史郎は悟った。掻きむしって流した血で、毒が軀に回わらず、体外に流れ出たのだろう。

目の前に、黒い傀儡が立っていた。

目を凝らすと、女の傀儡だった。長い髪を振り乱し、手に小太刀を握っている。

「お相手いたします」

女の傀儡は笑った。口は耳まで裂け、真っ赤な舌が見えた。

幻覚？　文史郎は頭を振った。

女の声は知花に似ていた。

どこから聞こえて来るというのか。

文史郎は突き刺した大刀の柄を握り、女の傀儡が斬り掛かってくるのを待った。

女の傀儡は腰に小太刀を当て、体当たりするように飛び込んでくる。

文史郎は渾身の力を振るい、大刀を下から上へ斬り上げた。

大刀は女傀儡を下から上へ斬り裂いた。

傀儡は真っ二つに割れて左右に倒れた。

一瞬、文史郎は二つに割れた傀儡から延びた紐が目に入った。

文史郎は思わず、大刀を手離し、二つになった傀儡に飛び付き、体重をかけて紐を引いた。

女の悲鳴が上がり、上から人影が文史郎の上に転がり落ちた。

文史郎は女の影ともつれ合い、飛び退いた。女の柔らかい軀の感触がした。文史郎は痺れが遠退き、だんだんと手足の感覚が戻って来るのを感じた。

女は知花だと思った。知花は腰の小太刀を抜き、正面から文史郎に斬り掛かる。

文史郎は体《たい》を躱し、小刀を引き抜いた。抜きざまに軀を回転させ、小刀の刃で知花の軀を薙《な》いだ。

手応えがあった。斬ってしまったか、と文史郎は思った。斬りたくなかったのに。

見ると知花は喉元を押え、その場に崩れ落ちて行く。

「おのれ、大館文史郎、よくも我が娘を」

正面の大柄な影は、大門と闘うのをやめ、文史郎に向き直った。

文史郎は後ろに飛び退《の》きながら、足下の知花を見た。

「渡嘉敷次郎兵衛だな」

文史郎はややろれつの回らぬ口でいった。

小刀を正眼に構えた。

「おぬしたちのやり方では琉球独立など叶う夢にはならんぞ」

「剣客相談人、ほかにどういうやり方があるというのだ？　所詮、おぬしらにわしら琉球人の思いは分からんだろうよ」

渡嘉敷次郎兵衛の影は、大刀を上段に構えた。

そのとき、呼び子がけたたましく鳴り響いた。

後ろから馬蹄が響き、喚声を上げて、火盗改が殺到して来る。火盗改の御用提灯が多数、闇に揺らめいている。

隠し倉屋敷の四方八方で喚声が上がり、物を打ち壊す音が響き出した。

「計ったな、相談人」

渡嘉敷次郎兵衛が刀を下ろしていった。

「いや、違う。まだ打ち込みの時刻ではない」

文史郎は振り向いた。左衛門も大門も、小島たちも戸惑っている。

「頭、知花殿は」

もう一つの男の影が渡嘉敷次郎兵衛の傍に寄った。島吉の声だった。

「相談人、我らの最後の願いだ。娘に別れを告げたい」

「よかろう」文史郎はうなずいた。

渡嘉敷次郎兵衛は知花の軀を抱き起こした。

島吉が覆面をかなぐり捨て、知花に抱きつき、泣き出した。

文史郎は大刀を拾い上げた。だいぶ痺れはなくなっている。

明るい提灯とともに、馬に乗った月岡玄之助がどどっと駆け付けた。

「扉を打ち壊せ！　塀を乗り越えろ。中から閂《かんぬき》を抜け。一人も逃すな！　逃げる者は斬って捨てよ」

月岡は馬上から大声で叫び、部下たちを指揮している。

月岡は渡嘉敷次郎兵衛に気付き、軍配で差した。

「こやつら、神妙にしろ。召し捕れ」

部下の同心、小者たちが大門や左衛門、小島を押し退け、渡嘉敷次郎兵衛に迫ろうとした。

「月岡、まだ合図を出しておらんのに、なぜ、打ち込む。約束が違うぞ」

文史郎は両手を拡げ、火盗改の捕り方たちを止めた。

「黙れ黙れ！　あのような約束を誰が守れるか。火盗改は火盗改のやり方でやる。この傀儡師たちを召し捕れ」

「待て！」

文史郎は大刀を横にして、捕り方たちに怒鳴った。

「しばし、待て。捕《と》ろうとする奴は、それがしが斬る」

大門も左衛門も、文史郎の横に並び、捕り方たちを止めた。小島たちも刀を下げて立ちふさがった。

「何を邪魔する。構わん、邪魔する者もいっしょに召し捕るんだ」

月岡は怒鳴るが、誰も動かなかった。

うっという呻き声に、文史郎は振り返った。

渡嘉敷次郎兵衛と島吉は、その場に座り、互いに刀で喉元を差し違えていた。

渡嘉敷の腕には、知花の亡骸が抱かれていた。島吉は断末魔の顔だったが、必死に知花の手を握ろうとしている。

やがて、島吉の手は知花の手から離れ、だらりと垂れ下がった。

誰かが提灯を掲げた。

ほのかな明かりに浮かんだ知花の顔は穏やかで美しかった。渡嘉敷の顔も島吉の顔も苦悶の翳はなかった。

「ええい。相談人ども、あとで吠え面かくなよ」

月岡は馬の首を返し、表門の方に駆けて行った。そのあとから、一斉に捕り方たちが追って行く。

文史郎は三人に合掌して、冥福を祈った。

大門も左衛門も、小島たちも、みな無言でその場に立ち尽くしていた。

夜の闇を裂いて、海鵜が鋭い声を響かせ、天空を過《よぎ》って行った。

十

武蔵屋の離れには、明るい女たちの声が響いていた。

「いやあ。相談人の皆様、弥生様、ありがとうございます。皆様がお康を連れ戻してくださって、ほんとうにありがとうございます」

武蔵屋康兵衛とお内儀はうれしそうに、何度も若衆姿の弥生に頭を下げていた。

お康とお信、それにお良たちが手を取りあって無事を喜んでいる。

「忠助親分さん、末松さんまで、お康探しにご尽力いただき、申し訳ありませんでした」

部屋の隅には、忠助親分と末松も満更ではなさそうな顔で座っていた。

文史郎は大門、左衛門と顔を見合わせた。

「いったい、どうなっているのだ？」

文史郎は、弥生に囁いた。

「あとで、説明します」

弥生はにこっと笑い、お信と顔を見合わせた。

「ところで、武蔵屋康兵衛さん、お康さんと番頭の佐助さんの仲を、認めてあげるのですね」

「それは、もちろんです。佐助がお康を長屋に匿ってくれていたとは、佐助のお母さんにも、お礼をしなければねえ、おまえ」

「そうですよ。お康がまさか、番頭の佐助と良い仲だったなんて気付かずに、ほかの縁談なんか持って来たりして、恥ずかしい。佐助なら、うちにぴったり、ぜひ、うちのお康を貰っていただきたいと、こちらからお願いするくらいですよ」

　お内儀は佐助に目を細めた。

　佐助は正座し、恐縮していた。お康はそんな佐助を優しい目で見つめている。

「では、私たちは仕事に戻りますので、相談人のみなさま、どうぞ、ごゆっくりと、お過ごしください。あとで内々ですが祝宴を張りたいと思いますので」

　武蔵屋康兵衛は、満面に笑みを浮かべて、店の方に引き揚げて行った。佐助とお内儀がそのあとからついて行く。

　三人がいなくなったので、文史郎は弥生に訊いた。

「文史郎様、お信が何度もお話ししようとしたのを、聞いてあげなかったでしょう」

「う？　どういうことだ？」

　お信が笑いながら、文史郎に頭を下げた。

「実は、あの事件のあと、広小路で、佐助さんとばったり逢って、二人は手に手を取って、逃げたのですよ。そのことを申し上げようと思っていたのですが、聞いていただけなかった」

「そうだったのか。なあ、忠助親分、若い男といっしょにいるお康を見た人がいたっていっていたものな」

「そうなんです。それで、ひょっとして、お康さんの知り合いで、と捜すことにして、いま一度、最後にいっしょにいたお信さんにあたったら、佐助の長屋に匿われているというじゃないですか。佐助とお康さんは、小さいころからの仲良しで、将来を誓い合っていたというじゃないですか。もし、いっしょになれないなら、駆け落ちするってえから、それはいけねえ。ちゃんと祝言が挙げられるようにしてやるから、と画策して、こうなったってわけでさあ」

忠助親分はにこにこ笑った。

弥生が続けた。

「そうなんですよ。それがしも、お信さんから事情を聞き、なんてこと、灯台下暗しじゃないのって。それで、忠助親分さんたちと知恵を出しあって、うまく二人の仲を両方の親御さんに認めてもらうように、話を作ってまとめた、という次第。ね、お康さん、うまくいったねえ」

「ほんとに、みなさまには、ご心配をおかけして、申し訳ありません。でも、ありがとうございます。きっときっと、佐助さんと幸せになり、みなさんに恩返しします」

お康は少し涙ぐみ、みんなに頭を下げた。

文史郎は世の中捨てたものではない、と思った。

渡嘉敷次郎兵衛知花親子と、知花の許婚だったらしい島吉の悲しい最期を見たあとだけに、文史郎はほっと心が和むのだった。

これでいい。これでいいのだ、と文史郎は左衛門や大門と顔を見合わせて笑った。


これは後日談である。

文史郎は、兄の松平義睦に呼び出され、そこで事件の決着について説明を受けた。

老中田代勝重は、身辺に不行き届きがあったことの責任を取って、老中職を辞した。隠居し自宅蟄居《ちっきょ》を命じられた。

留守居年寄衆寺島陣内は、病気療養のため辞職願いを出し、それが認められた。

肥前佐賀藩の江戸家老江藤鮫衛門は、不祥事の責任を取って家老職を引責辞任した。

数日後、自宅の居間において、割腹して果てた。

ほかのことすべては、うやむやにされ、真相は闇に葬られた。

文史郎は、それで満足せねばならぬ、と思った。

これ以上、問題をこじらせれば、さらに出さなくてもいい犠牲者を出す。

それでなくても、今回の連続した殺人事件で、たくさんの人々が亡くなっている。

もう無益な死者は出したくない。

唯一の朗報は、事件が収まったおよそ一ヵ月後、お康が晴れて、番頭の佐助と祝言を挙げたことだ。

こうして、文史郎たちは、いつもの退屈で穏やかな裏店生活に戻ることになった。

時代小説

二見時代小説文庫

笑《わら》う傀儡《くぐつ》　剣客相談人《けんかくそうだんにん》7

著者　森《もり》　詠《えい》

発行所　株式会社　二見書房
東京都千代田区三崎町二－一八－一一
電話　〇三－三五一五－二三一一［営業］
〇三－三五一五－二三一三［編集］
振替　〇〇一七〇－四－二六三九

印刷　株式会社　堀内印刷所
製本　ナショナル製本協同組合

ISBN978－4－576－13009－5
http://www.futami.co.jp/

二見時代小説文庫

森 詠
- 忘れ草秘剣帖1〜4
- 剣客相談人1〜7

浅黄 斑
- 無茶の勘兵衛日月録1〜14
- 八丁堀・地蔵橋留書1

井川 香四郎
- とっくり官兵衛酔夢剣1〜3
- 蔦屋でござる1

江宮 隆之
- 十兵衛非情剣1

大久保 智弘
- 御庭番宰領1〜7
- 火の砦 上・下

大谷 羊太郎
- 変化侍柳之介1〜2

沖田 正午
- 将棋士お香 事件帖1〜3
- 陰聞き屋 十兵衛1

風野 真知雄
- 大江戸定年組1〜7

喜安 幸夫
- はぐれ同心 闇裁き1〜8

楠木 誠一郎
- もぐら弦斎手控帳1〜3

倉阪 鬼一郎
- 小料理のどか屋 人情帖1〜7

小杉 健治
- 栄次郎江戸暦1〜9

佐々木 裕一
- 公家武者 松平信平1〜5

武田 櫂太郎
- 五城組裏三家秘帖1〜3

辻堂 魁
- 花川戸町自身番日記1〜2

花家 圭太郎
- 口入れ屋 人道楽帖1〜3

早見 俊
- 目安番こって牛征史郎1〜5
- 居眠り同心 影御用1〜9

幡 大介
- 天下御免の信十郎1〜8
- 大江戸三男事件帖1〜5

聖 龍人
- 夜逃げ若殿 捕物噺1〜6

藤井 邦夫
- 柳橋の弥平次捕物噺1〜5

藤 水名子
- 女剣士 美涼1〜2

牧 秀彦
- 毘沙侍 降魔剣1〜4
- 八丁堀 裏十手1〜4

松乃 藍
- つなぎの時蔵覚書1〜4

森 真沙子
- 日本橋物語1〜9

吉田 雄亮
- 新宿武士道1
- 侠盗五人世直し帖1